もはや書けなかった男

市田良彦 訳・あとがき

L'homme qui ne savait plus écrire
François Matheron
Yoshihiko Ichida [trans. & postface]
Koshisha

フランソワ・マトゥロン

目次

装丁　前田晃伸
写真　中村　早

もはや書けなかった男

François Matheron
L'homme qui ne savait plus écrire

謝辞

ときにそうとは知らないまま、本書を編むことに寄与してくれたすべての人たちに感謝する。フランソワ、ジャン＝ピエール、ヨシ、アントネッラ、フランソワーズ、マルク、シルヴィ、ジョエル、ミルト、ジル、ジャン・イヴ、リュシー、ジャンヌ、アンヌ。

キャロルに

もはや書けなかった男

二〇〇五年一一月のある日——よく覚えているが土曜日だった——、ぼくの人生は根本から変わってしまった。あの瞬間をどのように定義してよいか分からない。分かりやすく卒中《アクシデント》と呼んでもいい。そう呼ぶとして、卒中はいくつもの顔をもっている。それはまず革命である。言語に対するぼくの関係を振り出しに戻してしまった。ぼくにはまだ動詞を活用させることがうまくできない。そのため、これからの話は主として現在形で書かれることになるだろう。

すべては家族共用パソコンの画面ではじまった。ぼくは妻のキャロルと息子のジョナスと映画を見ていた。突然、画面がおかしくなった。船の縦揺れでもはじまったかのようだった。ぼくはキャロルに、たぶんおさまるよ、と言う。だが、どうもおさまりそうにない。キャロルはぼくを横にならせ、医者に電話する。よく覚えているが、医者はぼくにしてみればのんびりかまえている。ぼくはパニックを起こし、叫びはじめる。たいへんだ、消防署かどこかに電話しろ。

救急隊の到着もかなり覚えている。いろんな質問を受ける。どこで働いているか聞かれるが、それには答えられない。はるかのちになってキャロルが言うには、そのときから、ぼくは数字を忘れた。

病院に到着する。しばし何人もの医者を見る。彼らはいろいろと質問するが、なにを聞かれたのかもう覚えていない。どう答えたのかとなると、さっぱり記憶がない。どうもほぼ正常にしゃべっていたらしいが、それはキャロルの記憶による。野菜にはなりたくない、ぼくにはやるべきことがたくさんある、と言っていたらしい。

翌朝になると、逆にほとんどしゃべれなくなっている。子どもたちの前で「ひげそり」という単語をなんとか口にする。どうして「ひげそり」なのかは神のみぞ知る。

およそひと月後、不運な同室の人と会話している。頭に去来する考えを、おそらくとても不完全な言葉で説明しようとしている。とくに病との関係における言語についてぼくがどう考えるかを。頭のなかにある思考は明晰に思えるのだが、言葉はまだ他人にはあまり理解できない代物である。

ベッドに横たわりながら、しばしばソシュールの文章を思いだした。ぼくにとっては、明快かつかなり謎めいており、要するに、ある面で相当間違ったことを言っている。「心理学的には、われわれの思考は、言葉によるその表現を捨象してしまえば、かたちのない不分明なかたまりにすぎない。哲学者と言語学者はたえず一致して、こう承認してきた。記号の助けがなければ、われわれは二つの観念を明晰かつ恒常的に区別することができないだろう。それ自体として把握された思考は、必然的に境界づけるものがなにもない星雲のようなものである。あらかじめ確立された観念は存在せず、言語の登場よりも前にはなにも判明ではない」。よく覚えているのだが、卒中が起きるずっと前、思考について星雲という語で語るこのやり方には、しっくりこないところがあった。ソシュールが用いる語は、思考経験のうちもっとも貴重なものを取り逃がしているのではないかと思えた。

ぼくが説明しようとしていることを読者に感じ取ってもらうには、例をあげるのが手っ取り早いだろう。それにより、ぼくはまた、自分の心的覚醒の数週間に立ち帰ることにもなる。

ぼくはファーストネームを忘れた。誰のファーストネームも。より正確に言えば、ものの名前を思考に定着させられないのである。半時間ほどのあいだに、一〇、二〇、一〇〇の単語があらわれては瞬時に消える。思考が名前を待っているなどとは誰にも言わせない。そんな喜びに溢れた印象はものごとの一面にすぎない。そしてある日、決意のときが訪れる。「決意」という語は適切でないかもしれないが、それはたいした問題ではない。

食事をすませた。キャロルが帰っていった。テレビで映画を観た。どんな映画かは思いだせない。就寝の時間になった。そのとき、ぼくの生涯でもっとも強烈な一夜がはじまる。キャロルという名前を覚えておかなくてはいけない。キャロルという名前を覚えておかなくてはいけない。キャロルという名前を覚えておかなくてはいけない。名前を覚えておかなくては……。この内的経験を描写するには、どんな言葉も力不足である。とにかく、翌朝になると名前はぼくの思考のなかにちゃんとあり、以降、消えることはなくなった。

そのときから、思考の地平が安定しはじめる。まず時間のゼロ地点ができる。するとゼロ以前の時間もでき、そこでは卒中はすでに起きている。一種の時間以前の時間である。そしてはじまりが来る。無からのはじまり。そのときまで読書を通じて垣間見ていただけの思想を、ぼくは自分の肉体で経験した。ぼくにとっては新しい時間、途絶えることのない新しさからなる時間。卒中からほぼ一年が経ち、この時間はいまもぼくのものである。

電話で会話することをはじめて経験しつつある。いや、一人で電話をかけようとすると、驚いたことになにも起きない。次女のジュディットがこの奇妙な機械のメカニズムを説明しようと躍起になってくれているのだが。

あるいは、ぼくはあいかわらず横になっている。起き上がることは禁止されているし、そもそもできない。部屋には数人いて、ぼくは理学療法士とリハビリをしている。するとやっとの思いでなんとかいくつかの動作に成功する——その場の雰囲気はどこか瞑想的で、涙が溢れる。

部屋のそとでもはじめての経験はある。並外れて大きな世界の発見。はじめてのシャワーの時間。たんなる浴槽がかくも強烈な感動を引き起こすとは、それまで考えもしなかった。

つぎに、はじめての外泊許可。軍隊と病院に特有の言い方かもしれない。まず一日、ついで二日。そのつぎに来るのは、介添人なしで好きなように歩いてかまわない最初の一日である。まだまだたくさんのことが、どれも「はじめて」というモードで体験される。

しかしこの時間とならんで、もう一つ別の時間もある。その二つは似ているが、いくつかの点でほとんど正反対でもある。別の時間とはもちろん、「話す」ことにまつわる時間である。ぼくは早くから、言葉の進歩は単純な進歩という具合にはいかないと分かっていた。あえてナイーヴな言い方をすれば、進歩を誇らしく思う一方、進歩には代償がつきものと知る。いくつかの例をあげる。

卒中から一週間後、発話テストを受けさせられる。職業を聞かれる。哲学教師と答えるかわりに、ぼくは「人が最後にやること」と答える。哲学教師よりは含蓄のある言い方かもしれない。野菜のリストを見せられる。「ねぎ」、「かぶ」、「すいか」と答える。動物については、「ヒョウ、小さなヒョウ」、「パンダ、小さなパンダ」、「問題だ、ちょっと問題だ」。キャロルが犬という名前を教えようとすると、ぼくは言語療法士に向かって「ワン！　ワン！　ワン！」――まさに滑稽な返答。

何日か何週間かすると、ある友人が、リハビリのために携帯電話を買ってはどうかという話をした。するとぼくは「携帯 portable」という単語をなんにでも当てはめることをやめられなくなってしまう。両親 parents のことを話すのにも「ぼくの携帯」という言い方をする。あるいはさらに、息子のジョナスの名前が出てこず、彼のことを「髪の汚い少年」と言う。同じように、おしゃべりな友人は、会話のなかでは「おしゃべりな男」になる。またさらに、友人と話しているとき、共通の友人の名前が出てくるのだが、ぼくはまたしてもすぐ名前を忘れてしまい、知っている人には間違えようのない名で彼のことを名指す――「マルチチュードの親分中の親分」[*1]。もう一人の友人のことは、そこまで栄えあるものではない名で名指す――「マルチチュードの親分」[*2]。

こうした思い付きの命名も誇らしくある。病室仲間にうまく説明できなかったのはまさにこれだ。うまく表現する、うまく話すため、ぼくはこの最初の言語を忘れなければならなかった。実際、この物語で語られた例は他人の記憶にもとづいている。つまり他人の記憶がぼくの記憶、ぼくの過去になったのだ。そう言えるのも、忘れることでようやく、かなり洗練された言い回しを駆使できるようになったからである――「私は自分の知覚から永遠に消えてしまった時間についての思い出を語っているところである」。

＊1　もちろんアントニオ・ネグリのことであるが、ここでの「マルチチュード」は彼が広めた概念であると同時に、同名の雑誌でもある。ネグリはフランソワ・マトゥロンや次注のヤン・ムーリエ・ブータンとともに同誌の編集委員の一人であった。

＊2　雑誌『マルチチュード』の編集委員会代表。

というわけで、もはや書けなかった男はついに書くにいたった。だが男は、もはや書けないと言い張り続ける。

二〇一二年七月、友人の市田良彦とともにポツダム大学のコロキウムに参加する。そこでの発表はすでに長きにわたる歴史のなかの一つのエピソードである。その歴史は一九九五年のコロキウム、「今日アルチュセールを読む」からはじまっている。二人の発題者はその席で、一人はルイ・アルチュセールにおける空虚の反復を、もう一人はルイ・アルチュセールにおける時間と概念を論じた。二つの発表はあくまでそれぞれの発表だったが、一人目のそれは、もう一人からの得難い助力がなければ実現しなかったろう。彼は友を空虚の蛇行からほんのいっときでも解放する手助けをなしうるただ一人の人間だった。

したがって、この発表は記憶の星のもとにあります。二人はそれぞれ異なる仕方でこの星のもとに身を置くでしょう。一つの発表であるにしても二つであり、しかしともに、周知のベンヤミンのフレーズを掘り下げようとするでしょう。「自分の過去に近づこうと努力する人間は、穴を掘る人間のようにふるまわねばならない。なにより、彼は事実をめぐる一つの同じ複合体に立ち帰ることを恐れてはならない。土をばらまくようにそれをばらまき、地面をひっくり返すようにそれをひっくり返すことを恐れてはならない」。

私はダンテのようにはじめることにします。「われらの生の道すがら、わたしは暗い道に迷い込んでいた。まっすぐに行く道は途絶えていた。ああ、この残酷で荒々しく深い森を、そうだと言ってしまうのも憚られる。それを口にすれば、頭のなかで恐怖が膨らむ」。しかし、なぜダンテからはじめるのでしょうか。

七〇年代にはよく、決定的な批判たらんとしてこういう質問を振りかざしたものです。「おまえはどこから語っているのだ?」。おまえは権力の立場から語っているのだ、と敵に向かって示そうとしてです。問いを自分に振り向けることなく、自分がどこから語っているのかを知っていると言わんばかりのナイーヴさが透けて見えますが、それを別にして、この問いは袋小路にしか到達しません。しかし、暗い森のなかで答えがおのずと浮かび上がってくる、ということもしばしばあります。頭のなかに恐怖を膨らませる森は、思考を活性化することもあります。その答えは私の場合、一つの名前をもっています。脳卒中 accident vasculaire cérébral、略してAVC。二〇〇五年一一月という日付をもったこの答えは、心的空間を占領します。無から、空虚からはじめなければならない。アルチュセールの作品がこの必然性に貫かれていなければ、強調するまでもないでしょう。「理論的観点からするマキァヴェッリの中心的問題は、無からのはじまりの問いに要約することができる。絶対的に不可欠であり必然的である新しい国家を、無からはじめることである」。「何ヶ月ものあいだ、ぼくは深い現実と生々しくコンタクトする信じがたい能力をもって暮らした。まるで開いた本を読むように、それらを人々のなか、現実のなかに感じ、目にし、読むことができるんだ」。「……われわれの時代はいつか、見る、聞く、話す、読むといった生存のもっとも単純な動作を発見し、学ぶという、もっともドラマティックでもっとも骨の折れる試練によって特徴づけられるかもしれない」。

アルチュセールのあとの二つのフレーズは、フランカに宛てた手紙の一節と、『資本論を読む』からのものです。私は自分の仕事をとおして、それらについて長く考えてきました。自分のほとんどのテキスト――アルチュセールにかんするものです――に繰り返し引用してきたので、魅惑されていると同時に自分のフレーズのように思い込んでいるかもしれません。しかし今日はアルチュセールが問題なのではありません。よく言われるようにアルチュセールとともに考えることが問題なのでもありません。

私にとって今日の問題は、脳卒中の発作を起こして一年に少し満たないころに書いたテキストが開いた道をたどることです。ぼくはそのテキストを、「もはや書けなかった男」と題しました。それはアルチュセールのこの二つのフレーズを銘に置いて、はじまっています。

二〇〇六年九月でした。リハビリ訓練中、なにか書いてみないかと言われました。なんでもいいから、と。しばらく理解できませんでした。もう書けないのに、どうやって書くというのか。けれどもまもなく理解したというか、感じました。私にとっては絶対に必要なことであり、なにかとは私の心的覚醒の物語以外ではありえない。しかしどうやって？　しゃべり、録音すればよかったのです。とどのつまり、私は言葉を失ったわけではないのですから。私はしゃべっていた。奇妙な言語ではありますが、しゃべっていました。それでも、しゃべることとテキストを組み立てることのあいだには、とくにこのテキストとなると、溝があります。大きな空虚が開けています。それでも私は船に乗っていた。すでに自分で乗り込んでいたのです。

この過去を掘り進み、おそらく私のものであったけれども当時は記憶のそとにしかなかった動作と言葉を固定するため、私は私だけの記憶に頼ることはできませんでした。しかし、このテキストを書くことができれば、記憶は私の現に働く記憶になることができる――人為的にですが――とも分かっていました。そして、今でも忘れがたい二ヶ月がはじまりました。私と私のテープレコーダー。いくつか単語を発する。いくつかの単語が出てくるだけで、けっして文章にならない。けっして。テープを停め、聞きなおし、消去し、またはじめる。テープを停め、聞きなおし、消去する。なにも挿入できない。これを盲目的にやっていたわけです。文法はあったけれども、どういう文法なのでしょうか。しかし、どう評価していいか分からないものが私に残っていきました。聞きなおすと、どこに「間違い」があるか分かるのです。直すことはできません。それでも分かるのです。それがよく言われる、脳の片隅に埋まっている言語感覚であるのかどうか分かりません。「言語野」という表現がこの場合ふさわしいのかどうか。それでもとにかく、二ヶ月後、そのテキストは完成していました。以降、その記憶は私の記憶になりました。

ところで、私の記憶は空っぽからは程遠いものでした。鮮明な断片群に満たされており、そのおかげでたとえば、アルチュセールのフレーズを苦もなく見つけることができました。数ヶ月の入院期間中、私に付きまとい、テキストに引用することになったソシュールのフレーズもです。「それ自体として把握された思考は、必然的に境界づけるものがなにもない星雲のようなものである。あらかじめ確立された観念は存在せず、言語の登場よりも前にはなにも判明ではない」。それについて私はこうコメントしました。「よく覚えているのだが、卒中が起きるずっと前、思考について星雲という語で語るこのやり方には、しっくりこないところがあった。ソシュールが用いる語は、思考経験のうちもっとも貴重なものを取り逃がしているのではないかと思えた」。私は今日でもこの批判のどこにも撤回すべき点を認めませんし、今日の発表には「すべての失語者に」という副題を与えたいところです。スワヴォミル・ムロジェクが『バルタザール自伝』[*3]でそれをすでに銘として使っていなければ、です。にもかかわらず、瓦解を免れたこうした断片のかたわらには、目のくらむような空白がありました。全体としては、あちこちにでこぼこのある戦場のようでした。瓦礫と残存物からなる戦場。ソシュールやアルチュセールのフレーズ、その他たくさんのものを見つけることはできても、自分の息子の名前を忘れている。アルファベットはFから先を諳んじることができず、前に進んでいると思って同じところをぐるぐる回っている。ほんとうのところ、今でもこの迷宮に迷い込むことはあるのです。

＊3　スワヴォミル・ムロジェクはポーランドの作家。『バルタザール自伝』（Sławomir Mrożek, *Baltazar. Autobiografia*）は失語者の自伝の体裁をとった小説。

しかし、過去を掘り進むこと、そのテキストを書くことは、同時にまた別のことでもありました。幼年時代の思い出を組み立てるようなものです。最初の身体動作の記憶、部屋のそとに出た瞬間の思い出、最初の一歩の記憶。ああ、なんとむずかしかったことか！　そして、どこからやってきたのか自分ではよく分からないさまざまな単語たち。もちろん、私には——そう、もちろん——幼年時代の思い出がありました。誰とも同じように。けれども、つねにすでに神話になってしまっているそうした物語のあいまに、無数のサイレント映画がはさまっている。サイレントであるのに雄弁に語りかける映画。モノクロ写真もありました。それらすべてが、独特の流儀でですが、とても巧くできていて魅力的なのです。では私の思い出は、そのどこにあったのでしょう。私の思い出は。

テキストを書いているとき、私はこの種の問題を考えてもみませんでした。それからは私に取り付いていると言ってもいいのですが、偽の問題であるかもしれないという気もしています。イデオロギー的な問題？　二種類の思い出があると言っていいでしょう。おそらくアルジェ港で撮られた一枚の写真があり、それは私の姿でもある。さらに、たしかにアルジェ港で撮影された一本の映画があり、うれしそうな兵士たちが映っている。町の中心部へ向かう途中でしょうか、私もおそらくそのなかにいるのですが、私にそんな思い出はありません。すると突然、閃光が走る。これはアルジェ港のアルチュセールだ。彼はかの地出身であったのです。幻影でしょうか。幻覚でしょうか。そしてまたしても、アルチュセールが自分のマキァヴェッリ講義についてコメントする手紙です。「この講義をやりながら、ぼくはそれをやっているのが自分ではない気がしていた。それはぼくのそとで行われていて、ぼくは幻影を見ている。錯乱している。（…）作り話をしているんじゃないよ、フランカ。しかし講義で理論的問題を語りながら、ぼくには自分の錯乱について語っている幻覚的な感覚（あらがいがたい力をもっている）しかなかった」。

二〇〇六年一〇月一九日、ヨシから奇妙なメールを受け取りました。彼がそれをここで読んでくれます。「偶然の一致に愕然とした。昨日の夜、シャルルときみのことを少し話した。ちょうど、アルチュセールについてヴェネチアでやる発表原稿を書き終えたばかり。メールボックスにきみからのメールを発見して、ぼくは即座に、きみがそのテキストをもう読んだのかと思った。おまけに、『もはや書けなかった男』というタイトルを、一瞬、ぼくのことかと思ってしまった。というのも、ぼくの日本語的フランス語のことはさておき、発表原稿を書きながら、ぼくはずっと自問していたんだ。いま書いているこれこれの点について、きみならどう言うだろうか。まるできみがそれらについてぼくに語らせているようだった。同時に、仕事が終わってみると、納得するほかなかった。これはぼくのテキストでしかない（「フランソワならもっとうまく言えただろう」、「なにか本質的なものをぼくは取り逃した」）。その瞬間、ぼくは確実にもはや書けない（と思っている）男だった。タイトルがぼくではなくきみのことだという真実は、幻覚的効果を増しただけだった。なぜいまなのか、このタイトルをもつきみのテキストがぼくに届いたのは。昨日でも明日でもなく、なぜいまなのか」。

二〇一二年三月二四日、二〇〇六年のこのメールを説明するメールを受け取りました。彼は当時、ある発表を用意しつつありました。もちろん、アルチュセールについてです。そしてこのフレーズを引用したばかりだった。「イデオロギーによってしか、そしてイデオロギーのもとでしか実践はない。主体によってしか、主体にとってしかイデオロギーはない」。言い換えれば、彼は鶏が先か卵が先かという問いの周りを回っていた。そして私のテキストを一種の答えのように受け取った。問いそのものをイデオロギー的なものとして追い払うやり方として、です。私はもはや書けなかった。それでも私は書いた。彼にとって私がいる地帯は、イデオロギーから解放されているのではなく、イデオロギー以前のところにあったようなものです。とにかく、先を続けるため、私はこの不確かな地帯に戻る必要がありました。戻るには、たとえば、私はアルチュセールであると語ればいいのでしょうか。

一九六七年、短いけれどもどっぷりアルチュセール派であった時期のアラン・バディウが、こんなタイトルをもつ論文を刊行しています。「弁証法的唯物論の（再）始動」。政治綱領《プログラム》の代わりになる論文です。カッコにくるまれた「再」に重要な意味があることは言うまでもありません。私はといえば、「もはや書けなかった男」を書くことで、いかなるプログラムももちませんでした。再始動のプログラムさえ。友人たちが、将来のためになるかもしれないと、ポータブル・コンピュータをくれました。けれども当面、なんの役にも立ちませんでした。ほんとうのところ、奇妙なオブジェでしかなかった。

ある日私は、声で書くための機械の存在を知りました。声のほかになにも要らない。話すだけであとは機械がやってくれます。私は音声認識の世界に入りました。書けなくても、書きなおすことはできる。「もはや書けなかった男」を、その装置で書きました。結果は即座に現れます。装置を閉じて、書きはじめる。手かキーボードかはたいした問題ではありません。書けない男に装置はうまく働いてくれる。日にもよりますが、これで大丈夫と思えるか、なにかおかしいと思えるまで。書くにはそれでだいたい充分でした。

アルチュセールの時代に私が生きていたなら、このテキストはおろか、なにも書くことはできなかったでしょう。だから私は神々と両親に、私を現代に、アルチュセールとベンヤミンが知らなかったこの時代に存在させてくれたことに感謝しています。コンピュータとその派生物の情報技術の時代です。『パリ――一九世紀の首都』のなかでベンヤミンは、パリの変容と市場の幻影についてこんなことを書いています。「商品生産社会を取り巻くきらめきと栄光、そしてこの社会の幻覚的安全感は、脅威から保護されているわけではない」。認知資本主義の幻影も同様に幻覚的であり、脅威から保護されていません。最低限、それだけは言える！　とはいえ私の活動能力、私のコナトゥスは、認知資本主義の現状によかれあしかれ結びついている。目下のところは、よいようにです。

しかし機械を替えること、テープレコーダーから音声認識に移行することは、たんに道具を替えることにとどまりません。それは言語と新しい関係を築くことです。またしても新しい関係。最初の機械とのあいだでは、私はしゃべることしかしませんでした。発話は発話にとどまった。それをテキストに変換することは、私の管轄ではなかった。現在では私が書くとき、あいかわらずしゃべって書くのですが、私はもう自分の声を聞きません。書かれたものを見るのです。いわば自分を読んで、非常にしばしばこう自問します。なんだ、この表現は？　なんだ、この単語は？　綴りはこれでいいのか？　ところで、この不一致感はまったく逆のことがあります。会話しているときには、固有名詞が出てくるとすぐに付いていけなくなるのですが、同じ名前でも、書かれていると認識することができる。そこでは発話は書かれたものを経由する。ならば有名なアルチュセール的記憶を参照して、「ずれ」[*4]という語を使ってもいいでしょう。

「ぼくは規則正しく仕事をしている。おかしな仕事だ。自分がすでに書いたことを再発見しているのだから！（…）やがてそこからなにかを引き出すことにはなるんだが……どこからはじめていいか分からない！」。私のほうは、いかにはじめるかは知っています。アルチュセールのテキストを読み返さなければならない。部分的に忘れています。

＊4　ジャン＝ジャック・ルソーの社会契約論を主題とする論文（一九六六年）のタイトルであり、アルチュセール的語彙の一つとして名高い。

しまっています。しかしたとえアルチュセールのものであっても、理論的テキストを読むことは、私にはもはや自然な営みではありません。そして、組み立てなければならない。しかしいくつかの断片になるだけです。それしか組み立てられない。いくつかの断片。分かるために――まるでポーカーをやっているようなものです！

アルチュセールとベンヤミンのあいだにどんな関係があるのでしょうか。アプリオリには、なにもない。冗談です。関係の不在は真の関係を構成する。これも冗談でしょうか。アルチュセールのあるテキストからの引用です。「ピッコロ、ベルトラッチ、ブレヒト――ある唯物論的演劇についての覚書」といいます。

アルチュセールの書くものは断片的ではありません。しかし、おそらくたった一つ例外があります。「イデオロギーと国家のイデオロギー装置――探求のためのノート」です。四つの断片から成り立っており、それらは一行全体に及ぶ点線で区切られています。二つのヴァージョンがあります。最初のものは雑誌『パンセ』に掲載され、テキストは「ノーマル」なはじまり方をしています。すなわち、冒頭がある。その冒頭は「われわれはいまや出現させなければならない……」となっているのですが。第二のヴァージョンは、のちに論文集『立場』に収録されたもので、点線からはじまっています。それがテキストにどこかデリダ的な様相を与えています。とはいえ「探求

のための ノート」という言い方は罠です。実際には、「完成」させたけれども捨てたテキストから切り取ってきたのです。断片的な様相はしたがって、巧みな操作の結果でした。事後的に断片にしたわけです。捨てられたテキストはその後、『再生産について』というタイトルで出版され、その付録として件の有名な論文がそのまま収められています。しかしそこでは点線が消去されており、論文を理解しがたいものにしています。

卒中を起こすほんの少し前、私は本を書こうとようやく決心していました。もちろん、アルチュセールについての本です。とはいえこう自問していました。いいことなんだろうか。今日の発表を準備するため、私たちはフランカ宛て書簡集を読み返す——部分的にですが——ことにしました。カッコに括ってですが、アルチュセールはこんなことを書いています。「ぼくの書くものが今のところ論文のかたちを取っていて、本のかたちを取っていないのはどうしてなのだろう」。この一文を私はこれまで気に留めたことがありませんでした。けれども別の手紙には目を引かれていました。「進めば進むほど、ぼくは残念な気持ちで確信する。ぼくは哲学者ではない（…）。ぼくは哲学における政治的アジテーターだ」。

「私はここで、一九六二年七月にミラノのテアトル・デ・ナシオン〔諸国民劇場〕でピッコロ座により上演されたとてつもない演目に、正当な評価を与えることを試みたい。ベルトラッチのこの戯曲は、全般的に酷評されているからである。パリの批評界の評価は厳しく、そのおかげで、戯曲はそれが値する観客の入りを得られずに終わった」。アルチュセールのテキスト――最初は雑誌『エスプリ』に掲載され、つぎに論文集『マルクスのために』に収録されました――のこの冒頭部分をここで再確認することで、私は、テキストそのものを再読して私が感じた驚愕をうまく表現できるのではないかと思っています。テキストの内容についてはヨシが語ってくれますが、その内容を超えたところで、テキストではいくつかの語が倦むことなく繰り返されています。そしてそこには前代未聞の自己演出がある。

ちなみに一九六二年の一月には例のマキァヴェッリ講義が行われています。講義は精神の崩壊をもたらし、アルチュセールは五月半ばまで入院します。件の上演は六月一四日です。アルチュセールは魅了されました。すぐにテキストを書きはじめます。するど……「一瞬の閃光」、「閃光のとき」、「一瞬の挑戦」、「ここでもまた一瞬の閃光」、「閃光のように短く」、「閃光の人物たち」、「短い雷雨」。一九九〇年にアルチュセールの所蔵文書にかんする仕事をはじめたとき、私はこうした反復に気が付いていましたが、そこに凝集されている意味については気に留めませんでした。私はむしろ空虚な時間に魅了されていました。夜間収容施設におけるなにも起きない時間です。さらに、この時間からそとに出ようとするアルチュセールの絶望的な努力にも魅了されていました。私が現在目を引き付けられるのは、むしろつぎのようなフレーズです。「最初の誤解は、当然のことながら、『お涙頂戴のメロドラマ』という非難である。しかし、スペクタクルを『体験』してしまえば、誤解は解ける。あるいはスペクタクルの組成について反省しさえすれば」。問題のいっさいは「体験してしまう」と「反省する」の相互嵌入にあります。とはいえわれわれは劇場にいるのであり、劇場ではなんでもありです。一九六二年七月一三日のフランカへの手紙において、アルチュセールはこのテキストの焦点に言及しています。「ぼくはイントロを縮め、観客の部分を消去した……」。奇妙な解説です。観客のいない芝居とはなんでしょう。観客についてしか語らないテキストから観客を消去したなどと、どの口が言うのでしょうか。しかし、語られている観客はただ一人なのかもしれません。

「私は振り返る。すると突然、あらがいようのない問いが私を襲う。ここにある数ページ、下手くそかつ盲目的なやり方で綴られた数ページこそ、六月のある夜に上演された知られざる戯曲、『われらがミラノ』にほかならないのではないか。その未完の意味を私のなかに追い求め、役者と舞台装置のいっさいを廃棄して、私のなかに、私にあらがって、その黙せし言葉を探し求める『われらがミラノ』」。

きみたちはどう思う？　ぼくは明日、歩けるようになっているだろうか。ぼくのほうはやや悲観的だ。できればぼくが間違っていてほしい。これがリフレインされる。多くのヴァリエーションで。

また薬の時間だ。ぼくはパンツを履こうとする。だが履けない。ぼくの身体はどんどんやせ細っていく。しかしパンツを履くことはできない。この身体、ぼくの身体は、歪んでいる。

きみたちはどう思う？　ぼくはもう少しましに書けるようになるだろうか。毎朝、この同じフレーズを繰り返している。ほとんどそのまま。実際には少し異なるヴァージョンもあるものの、本質的には変わらない。朝一度だけというわけではなく、一日に何度も。

歩けなくなる恐怖、歩けなくなる恐怖、歪んだ身体のせいで歩けなくなる。前に進めなくなる。今のところ、そうはなっていない。歩行が改善される日もある。しかし、著しく困難な日もある。まだ不可能にはなっていないが、ほんとうにとてもむずかしい。

幻想や不安といったところなのだろう。だがそれだけではないだろう。

もはや書けなかった男は、それでもたくさん書いた。装置を使って。ドラゴン〔音声入力ソフトの名〕である。しかしある日、警告が発せられる。ドラゴンが書くことを拒否する。ぼくはパニックに陥る。はるか昔に舞い戻ってしまう。さいわいドラゴンをヴァージョンアップすると、書く営みは戻ってきた。しかし不安は極限に達する。起源への回帰、起源以前への回帰ですらある。不安が新しい起源になる。最初の日々の歓喜どころではない。不安という点では、歩けなくなる不安と同じである。

何年も途切れることなく前進が続いたある日、停滞が訪れる。その瞬間には知覚されなかったけれども、恐怖の一日だった。肛門が裂けた。何日か痛みが続く。だが肝心なところはそこにない。何日かは何日かにすぎないないけれども、その帰結は長く続いている。それはとんでもない便秘のはじまりだったのである。新たな生、拷問にかけられる生のはじまり。しかし脳卒中とは反対に、便秘はそれと感じることができなかった。何錠か薬を飲めばよかったのかもしれないが、それでも……。

目下のところ、ぼくの夜は不安の源である。失禁が怖い。パジャマを汚してしまうことが怖い。昨夜もやってしまった。パジャマをすっかり汚してしまった。またしても全部洗わなくてはいけない。

とはいえ、おかしみのある夜もある。奇妙な夢を見た。高等師範学校から手紙を受け取るのだが、そこには誰かがぼくにコルク抜きを遺贈したい旨が述べられている。どうも、家庭用コルク抜きではビールの栓が抜けず、ぼくはビールを飲みたがるので家にコルク抜きがない、というのが理由のようである。手紙を読んで、ぼくは「コルク抜き」という語の綴りが意味深である〔tire-bouchon：「詰まったものを引き出す」〕ことに気づいて驚く。自分がまだ書けると確かめることができたようで、ほっとする。と同時に、ぼくの無意識はファンタジーをつむぎだせると分かって慰められる。ぼくはまだ笑うことができる。人と一緒に——この場合はキャロルと——笑うことができる。しかし、現実は現実である。パジャマを洗ってもらわなくてはいけない。自分のパジャマを汚す男は。

理学療法がほとんど功を奏さなくなる。いつも同じ二、三の運動。なんの変化もない。訓練をしているあいだ、ぼくは自分の身体がおかしくなっているのを感じる。終わるころにはまざまざとそれを感じる。急にトイレに行きたくなり、すぐに、だが然るべきところに、大便が出ていくのを眺める——理学療法の奇妙な効用。しかしトイレが終わると、用を足す前より歩くのがむずかしくなっている。そう、歩くことと糞をひることには関係がある。そのことはずっと分かっていたのだが、説明することができない。分かって有益なときもあるが、分かったところでどうにもならない、というときもある。人は自分の身体を知らない。ハロー、スピノザ。とにかく、この身体は快楽のパーツではない。こうしたエピソードが起きるようになって、ぼくの視界はかすんでいる。そのときだけではなく、ほとんどいつも。そのため読むことが困難になっている。書くよりも読むほうがむずかしい。

確実に言えるが、ぼくが今いる「守護天使」というクリニックでのここ数日、状況はとくにひどい。理学療法を終えると昼食の時間。そのあと部屋へ戻り、薬を飲む儀式を待つ。すると大きな不安と大きな恥ずかしさが押し寄せる。大きな恥ずかしさと大きな不安。尿意の波が押し寄せるや、ズボンはもうびしょぬれだ。替えなくてはいけない。そんなことははじめてではないし、よく言うように、ありうることなのかもしれないが、半時間のあいだに二度というのはひどすぎる。耐えがたい。もしまたはじまったら、もしまたはじまったら。またしてもまたしてもまたしてもまたはじまり、無限に続いたら。ありえない生だ。そんな可能性はありそうになくとも、それを考えないことはむずかしい。しかし、誰が身体を知っているというのだ？　その力能と無力を。

今日は水曜で、金曜にはここを出る。あと三日。出発は一〇時一五分（一五分quartという単語の綴りに迷い、またGoogleに打ち込んでみる。たいていそうなのだが、間違っていなかった）。心理学者と面談。彼女は、理学療法でたぶん問題は解決するでしょうと言う。信じない理由もない。基本的に患者を安心させることを言おうとする傾向は承知しているが、彼女の言うことをぼくはこれまで信じてきたのだから、なにか起きたところでそれを変える理由はない。一〇時半、精神科医と会う。クリニックのほんとうのボスである。彼女に質問すると、答えはきっぱりしている。問題は理学療法とは関係ありません。すべてはあなたの全般的な状態次第です。症状はひとりでに消えていきますよ。だいたいのところ、彼女の指示に逆らってはいけない。自分に賭けるしかない。どちらの面談もそれ自体に驚くようなところはないのだが、二つの面談の矛盾には驚く。ぼくは奇妙な世界にいる。純粋な矛盾。グレーゾーンはない。同じ場所で、ほんの数分間のあいだに、あることとその正反対のことが言われる。それでなにも問題は生じない。わざとボールをそとに蹴り出しているのか、それとも経験に裏打ちされた古人の知恵なのか。ぼくのほうでは、書くことに頼るしかないのだろう。なんのためなのか、さして確信があるわけでもないのだが。悪魔を追い払うためなのか、それとも、ただ書くために書くのか。ぼくとしては第二の答えのほうを好む。より威厳のある答えだ。しかし、威厳とはなんなのだ？いずれにしても、いつやめてもかまわないこのテキストは、ことのほか不純である。

食事を終えて部屋に戻る。失禁なし。だが身体の内側の運動がなにかおかしい。非常におかしい。身体がさかさまになったようで、立って小便しようとするとうまくいかない。そこでもっとちゃんと小便しようと腰を下ろすのだが、思ってもみないことに、大便が出る。性器から大便をする。そんなことはありえないと分かっているのだが、そのとおりであるかのように、ことは運ぶ。身体の不調はしばしばこのようなものである。誰が身体を知っているのか。その力能と全般化した無力を。

木曜（書くのがおそろしくむずかしい）、出発の前日である（「前日 la veille」という単語に驚く。見たとたん「おっさん le vieux」かと思う。友人のあだ名で、彼はぼくのことも「おっさん」と呼ぶ。この種の驚きは脳卒中以降のぼくの生を特徴づけている）。しかし現在（今夜のことだ）の特徴は移動が十倍も困難になっていることだ。パジャマの下のほうが小便まみれになって目覚める。着替えてまた眠る。だが真に目覚めたのは、歩くのが極端にむずかしくなっていると分かった瞬間である。服を着て、なんとか薬を探しに行く。朝食を食べに下の階に行き、食べ終えてなんとか上がってくる。廊下を歩いてみるが、困難は変わらない。もうすぐ理学療法の時間である。同じ運動。療法士は進歩していますよと言うだろう（言うに決まっている）。つぎに精神科医に会う予定。彼女は、クリニックに来て以来なにも変わりませんねと言うだろう。だがぼくはそれが嘘だと知っている。まったくの嘘だ。今日は昨日ではなかった。明日は今日のようではないように、とぼくは願っている。出発までにもっとしゃんとしているように、と願っている。

予定どおりに療法士が来る（一〇分と違わない）。昨夜の厄介事を話してみるが、なんの返答もなし。同じ訓練をする。最後は歩行である。それでもコメントなし。挨拶だけ。万事快調なのだ、奥様には。もう一度歩いてみるが、もちろん問題は変わらない。廊下を何歩か。通常の歩幅であればちょうど三歩分歩いて動けなくなる。完全にではないが、非常につらい。精神科医はまだ来ない。彼女と今日会うのかどうか知らないが、彼女の答えはもう知っている。万事快調なのだ、奥様には。彼女の流儀、彼女なりの精神医学では。もう半時間もすれば、食事をしなければならない。下りるのも戻るのもつらい。この最後の一日をこなすことがむずかしい。不安がないわけではないが、はやく明日になれ。ヴァカンスだ。すぐにノルマンディーだ。すぐにではないかもしれないが。課題作文でも書いているかのように、展開の節目になるだろう。このテキストにも仮の終わりかほんとうの終わりを記すべきなんだろう。将来のことを考えなくてはならない。目下のところ、ぼくは書く行為に埋没しているが、終止符を打たねばならない。「守護天使」に終わりを告げなければならない。すべてを新たに再開するために。

このテキストも終わりにしようと思っていた。しかし食堂から戻ってくるのにたいそう難儀したので、書く能力を確かめたくなった。つまり「歩く」能力、ぼくなりに「歩く」能力を。一種の冗談なのだが、ぼくには歩くことなく歩く必要がある。「もはや書けなかった男」を書いたとき、ぼくはテキストをこう締めくくった。「というわけで、もはや書けなかった男はついに書くにいたった。だが男は、もはや書けないと言い張り続ける」。そのときはけっして冗談ではなかった。だが今日は、歩けないのに歩いているとまじめに言い張ることはむずかしそうだ。目下のところ、難儀して歩いているが、とにかく歩いている。いつか歩けなくなれば、歩けないだろう。書くことにかんしては、ぼくの場合、ドラゴンの技術次第である。

きみたちはどう思う？　ぼくは書けているか？　もうしわけないが繰り返させてもらう。どうもはっきりしなくなってきたので。さいわい、この「はっきりしない」という点は問題なく書けるものの、ほかのこととなるや……。土曜である。出発の翌日である。夜はひどいありさまだった。ベッドには尿だけでなく、大便まであった。真夜中にベッドカバーをはずし、シーツを取り換えなくてはいけなかった。昼食後にまたしても失禁し、ズボンを替える。またしてもまたしてもまたしても。リズムはコントロール不能になり、加速している。歩行にかんしても同じこと。おぼつかないどころではなくなっている。コントロール不能になりつつある歴史に歩調を合わせるかのように、諸々のテンポが加速している。加速というのは一連の反復である。ここ数日いくつも虐殺事件があった。[*5] 大きな歴史と小さな歴史。小さな歴史はぼくの歴史である。華々しくはないが、とにかくぼくの歴史である。大きな歴史には興味をもつところまでいかない。しかしそちらも華々しいとは言えないだろう。当初は土曜にノルマンディーに発つ予定だった。四週間の予定。しかし状況を鑑みるに、少し待ったほうがよさそうだった。ことを時の手にゆだね、様子を見るために。

ぼくたちはシャントマンシュ〔パリから東へ六〇キロの村〕にいる。家族の別荘である。治世の終わりのような雰囲気が漂う。一年と少し前、ぼくの父、アレクサンドル・マトゥロンがぼくと同じように脳卒中となった。親が子を模倣する、さかしまの世界。先週、彼の前には彼の三冊の著書が置かれていた。[*6] もうほんとうには読まない本、ページをめくりさえしない本。脳卒中を起こして以来、ぼくは自分のテキストを読むのにたいそう難儀する。ほんとうには理解せずに理解する。あるいはむしろ、違った理解をする。そんな理解から、卒中後のぼくのテキストは生まれた。それらはすべてわが友ヨシとともに書かれた。奇妙な光景であろう。というのは、それらのテキストはすべてつぎの原理により書かれたからである。ぼくは適当に書きはじめる。書きたいと思ったことを、注文とは直接関係なく書きはじめる。そしてヨシがあとを続ける。信頼は絶対的である。

奇妙な会話。

——きみの職業は？

＊5　二〇一六年七月一四日（フランス革命記念日）、地中海沿岸のニースでトラックが花火見物客の群れに突っ込み、八四名の死者と二〇二名の負傷者を出した。同二六日には北部ノルマンディー地方の教会に刃物で武装した男二人が押し入り、神父や修道女、合わせて五人を人質に取って立てこもり、八六歳の神父の首を切って殺害した。いずれもＩＳの犯行とされ、犯人は現場で警官に射殺された。

＊6　アレクサンドル・マトゥロンは高名なスピノザ研究者で、スピノザにかんする二冊のモノグラフと、スピノザを中心に一七世紀哲学全般を扱った論文集一冊を刊行している。

——哲学教師。

——きみは私の本を読んだね。

——きみの知り合いにイタリア人哲学者がいないかね？

——!?

——アントニオ・ネグリ。

——そうだ、アントニオ・ネグリ。とても気さくな人だね。きみはなんについて研究している？

——アルチュセールについて。かわいそうに、彼はとても気さくな人だった。

どんな会話もすべてこんな調子。忘却と忘却の忘却——アルチュセールのように。すべてが奇妙だ。母もそうである。彼女も忘れていることを忘れている。妹の一人が父と母の生涯を漫画にする計画を立てている。泣かないために笑うこと。しかし同時に、たんに笑うためでもある。ときにそれほどおかしみのある生涯である。おかしくて泣けてくる。

時間のタガが外れている。それでも発つと決心しなければならないだろう。すべてに向かい、すべてに逆らい、確信などないにもかかわらず、ましなもの、すなわちある程度の気持ちの落ち着きを求めて。このテキストにかかりきりにならないようにもしなければならないだろう。ヴァカンスが、このテキストのヴァカンスを含めて必要だろう。しかし、最初から、ぼくの卒中からたどりなおすこと、この一一年に再び没入すること、したがって忘れないようにすることもまた試みる必要があるだろう。この仕事には、ヴァカンス中であっても休まないことが求められる。さもないと手遅れになってしまう。労働つまり答案添削がまたはじまらないうちに、充分働いておかねばならない。しかし、このテキストを書いている最中にも、そのそとに心の静けさがなければならない。それが要る。

日曜。夜はいつもどおりではなかった。失禁はあったもののたいしたことはなく、いつもより静かな夜だった。昼間は逆に休む間もなかった。ひっきりなしにトイレに行きたくなり、行くとアポカリプス。なにも出なかったと思うにもかかわらず、然るべきところ以外いたるところが糞まみれになっているのを発見し、呆然とする。壁まで少し汚れている。そうとは知らぬ間に——ほんとうとは思えないがほんとうである。しかし、誰が身体を知っている？　その力能と無力を。無力としてのその力能、力能としてのその無力を。さいわいなことに、書く力は損なわれなかった。歩行にかんしては、困難が増す。今より大きくて身体の歪みがより目立たない新しいパンツをもっていたので、それを履く。しかしパンツはパンツにすぎず、身体はだまされない。前に進むのに多大なる困難がともなう。コタンタン〔半島〕に出発する日は決まっていないが、近づいている。せいぜい三、四日のうちだろう。そのあとは未知の領域である。慣れ親しんだ場所だけれども。

月曜。きみたちはどう思う？　ぼくは書けているか？　このフレーズをコピーして貼り付けることは自分で拒んでいる——書く能力のテストである。このフレーズについてだけ。今日は少しむずかしく、気持ちを落ち着かせなくてはいけないが、とりあえず大丈夫。小便をするたびに歩行があやしくなる。どんどんあやしくなる。泣けてくる。「ニジェールから遠く離れて」というタイトルの友人の原稿を読もうとする。目がかすんでうまくいかない。目の問題ではなく、全般的な状態でそうなる。鬱の症状だと言われたが、そうなのだろう。友人のテキストにおける時制の使い方に驚く。ぼくの使い方と似ているではないか、時間の靄が。彼がニジェールから帰国するとき空港に迎えに行ったことがあった。向こうでは有名人であるベレニスという人の話をしはじめる。同じ飛行機に乗っていたとか。今でもよく覚えているが、ベレニスの話をではない。友人が彼女を遠くから、ただ遠くから指さしたこと、理由は分からないが、そこにある種の嫉妬心がまじっていたことを。今日、もう一人の友人が電話してきた。彼は「ニジェールから遠く離れて」にガラモンという名前で登場する。どうしてその名前なのか。二人の友人はぼくのもっとも古い友人で、ときどきニジェールに行く。ぼくのテキストの下書きも読んだ。感心したらしいが、どうしてかは分からない。ほんとうのところ、ぼくにはどうしてか分かる気がする。「もはや書けなかった男」について、こう言われたことがあった。嵐のまっただなかで描写すること、その瞬間について考えることに成功しているテキスト。証言ではない。二〇〇六年当時、ぼくは証言という語を使われるのがどうも気に食わなかった。今日、二人の友人がそれを思いださせてくれた。

火曜。今日は書かないと決めていた。それほど身体が働くことを拒んでいた。ばらばらの肉片と化した身体はくたびれはてている。だが先ほど、八六歳の神父が首をかき切られたと知ってしまった。[*7] 狂信者たちの軍隊に。大きな歴史は異様な姿形を見せている。ぼくの歴史は進展しているはずだが、どこへ？　もぐもぐ反芻するばかり。身体、かくも愛しき恐ろしい身体の麻痺というテーマについて。脳卒中を起こして麻痺してしまっても、ぼくはこの身体を呪ったことがない。無力で動くことのできない

---

*7　注5のノルマンディーでのテロ事件。

この身体を。だからこそ、それが動きはじめたとき、驚嘆したのだ。最初のテキストでは、こんなふうに書いている。部屋には数人いて、私は理学療法士とリハビリをしている。すると、やっとの思いでなんとかいくつかの動作に成功する――その場の雰囲気はどこか瞑想的で、涙が溢れる。ぼくはこの半身不随の身体をけっして否定しなかった。正反対である。この状態を動画に収めてもらわなかったことをずっと後悔してきた。あれから一一年経ったが、今でも撮ってもらってかまわない。その益は増していよう。現在、ぼくはときにこの身体を否定したい、呪いたい誘惑にかられる。しかしそれはしない。これはぼくの身体である。今でもぼくの身体である。痛みをともなわずに（少なくとも今日は――ときどきは……）苦しんでいる。打撃を受けているのは活動力。最初の頃のように車椅子に乗っている自分をよく想像してみるのだが、あれは避けたいと思って闘っている。どうでもよくなったりもするけれど、車椅子は避けたい。だが誰が身体を知っている？　自分の身体、ぼくの身体を。それでもとにかく避けられぬとなったあかつきには、一定の自立性を保つために、電動にしたい。この気持ち――幻想？――について譲るつもりはない。電動車椅子の誘惑。けれどもこういう拒絶がぼくの生をもろいものにしてしまう。たえず心配に心を奪われて。数日のうちには未知の領域へ出発するというのに。そう、未知の領域へ。

水曜、アポカリプス中のアポカリプス。六時にいったん目を覚ますが、それはたいしたことではなかった。ただの失禁。少し迷ったが、夜の終わりを湿り気なくすごすために着替える。そうしないでもよかった程度である。真の目覚めはもっとあとに訪れる。尿意が襲ってきたので、座る姿勢を取る。そのほうが快適というか、小便を横に漏らさないように。便意が来るが、出た様子はない。立ち上がる。恐怖はあったがそれほどでもない。しかし、恐怖があろうとなかろうと、然るべきところ以外糞まみれ。考えてもわけが分からない。どうしてこんなことになる？　日曜と同じ大惨事だ。「守護天使」でも経験した大惨事（とはいえ印象はより強烈である。ところ変わればすべてが変わる）。それ以前の惨事はほとんど忘れてしまっていた。万聖節のヴァカンスのときが最初で、恐怖の体験だった。どうしていいか分からない。なにもできずに立ちすくむ。祖母の家（ぼくが今いるところ）にぼく一人。さいわい携帯電話をもっていたので、助けを求めて電話した。二度目は復活祭のヴァカンスでシャントマンシュに行く直前だった。ぼくたち夫婦は長女とタイ料理屋にいた。食事中、不快なものを感じる。小便だろう、オムツを履いているからどうということはあるまい。だが店を出ると、エレベーターに乗る頃にははっきり、これは違うと分かる。レストランで出たのは大便だったのだ。惨事は密かに進行していた。事故の類はかなり以前にもあった。言語療法士の診療所[*8]だった（たぶんあれがはじめてだ）。訓練はいつもかなりハードで、終わるとトイレに行くのが習いだった。たいていは気持ちよく大便をしたものだ。しかしある日、大便が終わると、ジャケット（どれだったかもう覚えていない）が糞まみれ。恐ろしい状況だった。ほかの患者がいる。携帯で療法士に電話すると、如才なく助けてくれた。だが誇れるようなことではない。

今夜は父の九〇歳の誕生日。彼はここではミミと呼ばれている。彼がイベントの意味を理解していたかどうかは分からない。ロシュシュアール通りの両親宅で一家そろってクリスマスを祝ったとき——つまりクリスマス前のクリスマス——、ミミはなにも理解していなかった。しかし今夜はたぶん違う。はっきり違う。ぼくたちはずいぶん昔に撮った家族フィルムを上映したのだが（「砂漠のバラ」という西部劇のパロディで、ミミは悪漢、ぼくはその相棒）、彼は笑っていた。ほっとする。ぼくたちはシャンパンを飲む（ぼくは飲まなかった）。よく食べた。ローソクを立てたケーキがあり、最後はプレゼント。ありふれた誕生日の宴。しかし彼はあきらかに、うれしそうにしているにもかかわらず、肝心なことは理解していなかった。だがイベントは、たとえ一瞬であっても、彼の活動力を増加させた。真のスピノザ主義者にふさわしく。すなわち実践におけるスピノザ。

金曜。明日はノルマンディーに出発する。新しい冒険がはじまる。これまでとは違っているだろう。去年、ぼくは杖をもっていなかった。階上の部屋に上がる階段を問題なく上ることができた。今年は無理だ。おそらく介護用ベッドも要るだろう。真実、奇妙な冒険になるだろう。ぼんやりしたところだらけの冒険。どうなることやら。

来週は書く作業には不向きだろう。子どもたちがぼくの誕生日を祝うためにやってくる。ぼくは八月五日に生まれた。八月四日の夜の子どもである。特権の終わり〔フランス革命により封建的特権が廃止された日〕の人間である。ぼくの特権は仕事をしなくてよいことになるだろう。ほかに選択肢はない。予期せぬことが起きなければ。

ヴィセルに来ている。コタンタン半島のありえないような村。特徴といえば、人がいないこと。ほとんどゴーストタウンである。一週間と少し、なにも書いていない。海は快楽をもたらすと同時に問題でもある。海岸に行ってさらに水辺に行くのに道具一式が要る。杖はもちろん三足歩行器も。杖では乾いた砂の上を歩けない。ではそのつぎ、泳ぐには？　ぼくは泳げるけれども、泳ぐまでいかない。助けを借りて水中歩

＊8　フランスでは理学療法士と言語療法士は病院内でリハビリ訓練を担当するほか、病院外に個人でオフィスをかまえて患者を受け入れていることもある。

行するbarboter（こういう綴りだった）ことならできるが、三〇センチも水があれば立っていられない。へんな気持ちだ。卒中後、サルペトリエール病院の講習に通っていたことがある。いろんなことをやるのだが、週に一度プールに入った。泳ぐことの学びなおしのようなものである。はじめは小さなプールで浮輪をもって、つぎは浮輪をもたずに、そのつぎは大きなプールで浮輪をもって、そのつぎは浮輪をもたずに。なんでもできるかに思えたあの頃がとてもなつかしい。あのナイーヴさが。アルチュセールと同じナイーヴさだろうか。そのつぎはヴィセルの海。最初の年は浮輪をもって、翌年は浮輪なしで。以来、海岸近くで泳いでいる。たしかに去年までは泳いでいた。ところが一〇年後の今年は、本当の意味では泳いでいない。海に近づき海水に触れることは大きな幸せなのだが、好きなように水に浸れないのは大きなフラストレーションになる。泳げる前提として、水から上がるときに立つことができなければならないが、それができないため、ぼくには泳ぐことが不可能になっている。キャロルとリュクレス〔長女〕に介助してもらっても、彼女たちが怖がる。振り出しに戻ったようなものだ。泳ぐことを二度学びなおさねばならないのだろう。だが二度目は一度目とは違う。二〇一六年は二〇〇六年ではない。ぼくは海を楽しんでいる。しかし楽しみ方は不純である。とても不純、不純にすぎる楽しみ方。不純であるにもかかわらず、楽しみはある。一つの問いが頭に浮かぶ。「泳げる」とはどういう意味だ？　ぼくは泳ぎを学んだ。学びなおした。三度目は可能なのだろうか。そう信じたいけれども、ほんとうには信じていない。それでも海は美しい。水中歩行はすばらしい。ほかの人たちにとってと同じように。

火曜、海から戻ったあと、さらに一〇日水曜（昨日のことだ）、ぼくの身体が無茶をする。性器から糞をたれた。どうしようもなかった。自然法則には逆らえない。今朝は失禁があって着替えなくてはならなかったが、ぼくの寝ている階下にはもうパジャマがなかった。居室は衣服といっしょに上の階にある。夜中に階段の上り下りはむずかしい（ぼくは階下に置かれた介護用ベッドに寝ている）。失禁は失禁にすぎない。またやったというだけ。しかし一時間後にもう一ゲームあった。正しく便座に座ったのだが、立ち上がると結果は悲惨。大便が正しくないところに。たしかに正しく座っていたのに。信じてもらわなくてけっこうだが、ぼくはちゃんと座っていた。そんなことはありえないと思えても、現実のなにも変えない。ぼくは便座の隣に糞をたれたりしなかった。していない。したというのは嘘だ。誰にも逆のことは言わせない。これを医者に説明するのはむずかしいだろう。医者は信じてくれないだろう。医学を前にした大いなる孤独。彼らは身体の力能を知らない。

よからぬところでまた失禁するようになるのではないか、と怖い。歩くことに多大なる困難がともなうようになっていることも分かっている。不安な時間がまたはじまるかもしれない。ここでは事態はたいしたことではない。ぼくとぼくの身体の二人きり、証人はおらず、検察官はなにも恐れない。少なくとも階下にいるあいだは。洗剤が少しあれば間に合う。しかし、数日のうちにパリに、家に戻らなくてはいけない。身体は理性が理解しない理屈をもっている。誰が身体を、その力能と無力を知っているのか。身体がしばしばもたらす、恐怖のみならず快楽を。

海水浴は書くことに不向きである。毎日は書けない。だができるだけ書くようにしている。記憶に頼らずその場で書くように。そういう時間をもつように。ここ数日は基本的にほとんど同じだった。一日がはじまると、ぼくはなにごともありませんようにと祈る。だがドタバタのあげく、願いは差出人に返送される。海岸からの帰りには、スーパーに買い物に寄る。車のなかにいるあいだは問題ない。ところがそとに出ると、それまでまったくその気配がなかったにもかかわらず、大量に失禁する。シャワーを浴びて着替える。すると数分後にまったく同じことが起こり、再び着替えなくてはいけない。また別の日には、トイレに行くと、すべてスムーズに運んで小便をしたと思うのだけれど、実際には、気づかないうちに糞をまき散らしている。別の日（昨日の土曜）にも、多少の変化をともなう同じシナリオである。夕食前に最初の失禁。二度目は食後、ＤＶＤを観る前。三度目はＤＶＤの後、ありえないところに糞をする。キャロルはぶち切れて、ぼくに聞く。わざとやってるの？　狼狽の表現である。夜にまた一ゲームあり、午前二時にパジャマを替えなくてはいけなかった。パジャマの洗濯はほぼ毎日である。特別な一日になった。はじまりはよかった。天気はよく、海は美しかった。だがぼくはこの迷宮にうまく身を置けない。数多の不具合で入り組んだ自分の身体の迷宮に。今日は日曜である。書いたということ以外、特記事項なし。話を端折りすぎてしまった。朝食後に一度、我慢できずに人前で失禁してしまったが、どうということはなかった。ときと場所がよく、海岸に行く前に着替えるだけでよかった。ダメージは小さく、一日を台無しにすることはなかった。

　今日は八月一六日火曜である。壁を越えたような気がする。歩く人と歩けない人を分ける壁である。一見なにも変わっていない。ぼくの足はまだ動く。しかしそれはもはや歩く動きではなく、そう見えるだけである。いつ転んでもおかしくない。その点についても、ぼくの判断が間違っていてくれればと思う。だが聖処女――昨日は彼女のための祝日だった〔聖母被昇天祭〕――は気難しいようである。ぼくのほうで彼女を呪ったりしたわけではないのだけれど。車椅子を使って幸福そうな人もいるじゃないかと言われる。確実でなくとも、ありえなくはないだろう。だが移行期間は幸福ではありえない。大きな不安の時間であるだろう。しばらくのあいだかずっとか、とにかく不安な時間だろう。ぼくには壁を楽しく越える人を想像することができない。おそらく諦念とともに越えるのだろうが、越えたあとにようやく諦められるのかもしれない。越えているただなかは情け容赦ない戦いであり、いかなる諦念もない。結末がすでに書かれているとは考えたくない。戦い以外はあとになって分かればいい。とにかくあとであってくれればそれでいい。それを含め、やがて分かるだろう。誰が身体を知っている？　その力能と無力を知っている？

水曜。静かな夜だった。途中一度も起きなかった。だが目覚めは雷鳴轟くtonitruant（よくやるようにGoogleで綴りを確認する）。壊滅的な失禁である。歩行はどんどんあやしくなっている。もしかするとこの悪化は、夏のあいだにCNED[*9]――ぼくが働いているところ――から送られてきた凶暴なメールと関係があるかもしれない。この組織は大部分の教師のノルマを倍にする決定を乱暴に下した。この組織では生徒のことを登録者と言い、教師のことは、特殊な職であるかのように添削教師と言う。私は添削教師です、あなた方は添削教師です。「答案評価について。今後は郵送答案とデータ答案のあいだでバランスを取る係数は用いません。週あたりの最大ノルマは見直されました。郵送答案については下げられ、データ答案については上げられました」。この秘教的文言の背後で、大部分の教師の答案数が倍になる。添削教師のみなさま、ごめんなさい。公平さの見かけは罠にすぎない。ノルマ増が現実であり、ノルマ減――グループ4の四二枚（現在は平均すれば四五枚）とグループ5の三六枚（現在は平均すれば三七枚）――は与太話である。目的は隠されてさえいない。こうした措置は、昨年二〇パーセントも超過してしまった答案添削予算を順守するという目的に適うものです。このエフォートは全員に担われます。全員に？　ぼくはすでに前年、答案の洪水を捌くのにたいそう難儀した。二倍はとても無理だ。絶対に不可能だ。ぼくはまだヴァカンス中だが、新学期はすでにはじまっている。耐えがたい新学期。パリ地区大学本部に連絡しなければならないだろうが、多くの可能性があるわけではない。自分がまさにどう料理されることになるのか分からない。明らかに、こいつらは

＊9　Centre national d'enseignement à distance の略。通信教育により様々な公的資格を取得できるようにする準国営の生涯教育機関。脳卒中の後遺症により教壇に立てなくなったフランソワ・マトゥロンはそこに雇用され、主として海外在住のフランス人高校生を対象に、バカロレア受験のための課題作文（哲学）を教えていた。

虐殺者だ。情け知らずどころか確信も人間的感性もない。やつらはダンテの地獄に放り込まれても歓喜するだろう。しかし当面、ぼくは待つしかない。珍しく晴れた天気を満喫するほかにやることはない。たぶん最後の海水浴になるので、潮が引いていても。

土曜、パリに戻る。道中はなんともなかった。車は流れていた。中華料理屋に行く。ヴァカンス終わりのいつもの行事である。歩くのにやや難儀したが、家の近所だし、なにごともなくたどり着く。食事はいつもどおりおいしく、よい時間を過ごした。支払いのときになって、帰り路があぶないと感じる。なんとか家にたどり着いてすぐにトイレに駆け込む。するとドタバタ――トイレを小便で水浸しにした瞬間（はじめてのことだ）、レストランからぼく宛てに電話が入り、財布をお忘れですよ（これもはじめてだ）。キャロルがレストランに戻る。ぼくはといえば、この場面を前に途方に暮れている。固まってしまい、状況を悪化させないよう、彼女の帰りを待って動かずにいる。大災害を目にするや、彼女はまたしても同じ叫び声を上げる。わざとやってるの？　同じ狼狽の表現。

パリでの第一夜は厄介だった。何度も目が覚め、性器が痛む。もう歩けないという恐怖に襲われる。二〇一六年八月二一日、すでにこの特別な新学期に包囲されている。

凶悪な新学期。

月曜。日曜の夜はＤＶＤを観た（シリーズ物）。そうは見えないだろうが、ちょっとしたイベントである。もう何年も、ぼくたちは夕食後ＤＶＤを観て過ごしてきた——ぼくは肘掛け椅子に座る——のだが、何ヶ月か前から、それができなくなっていた。すぐに眠ってしまうのである。目覚めは恐ろしいもので、コントロールできない激しい不安に襲われる。だからやめていた——たんなる気晴らしではなく、生活の一部となっていた習慣を。根本的な断絶だった。

「守護天使」では何枚もＤＶＤを観た。そのなかに「ジャンヌ・ディルマン、コメルス河岸二三番地、ブリュッセル一〇〇〇」がある。何度もヴァカンスにもっていったものの、観ていなかった。それをようやくクリニックで観た。二度か三度に分けて。それまで観なかったことに悔いはなかった。とはいえ観たのは午後であり、ぼくから数センチしか離れていないノートパソコンの画面である。夜に観るのは不可能だった。夜はベッドでテレビを観るのだが、たいてい眠ってしまう。ヴィセルでぼくたちはＤＶＤを観た。しばしば難儀したが、不安はなく、ソファーはＤＶＤ鑑賞に向いている。あまり眠たくならない。だが昨日は眠れる森の美女の肘掛け椅子だった。とはいえ眠らなかった——普通の生活をめざしていいのかもしれない。普通の生活のいくつかの要素なら。その普通でさえぼくの普通である。普通でない生活における普通。数多の歪みに拘束された、まったくもって普通でない身体にとっての普通。今朝はジーンズのボタンを自分ではめることができた。けれども、そう、性器方面からやってくる歪みのせいで、小便をしたあと、ボタンをもとに戻せなかった。そこでジョギングパンツを履いたのだが、食後のトイレのあと、汚してしまった。パンツをおろした瞬間に、である。不意打ちだった。そこでもう一度ジーンズを履こうとしてみた。驚いたことに元の鞘に収まってくれた。しかし歩いてみると、すぐにでも最悪のことが起きそうに思える。不安で外出もままならない。宿命のようなものになったのだろう。しばしば卑近なことにかかわる宿命。いや、身体の間近にある宿命。誰が身体を知っている？　その力能と無力を。

今日は二〇一六年八月二三日。歩く能力を失ったように感じる。いつもよりはるかにはっきり。アパートに一人でいる。この感じを確かめるため外出する気にはなれない。印象は印象以上のものだ。杖をついて自分の部屋、廊下、居間を歩いてみる。まだ歩けるが、困難は最大で、剃刀の刃の上を歩くようなもの。あと数時間でなにが起きるか。キャロルの帰りを待って、万一のためポケットに携帯電話を入れて外出してみよう。だが今のこの瞬間が耐えがたい。なにが起きるのか。なにが起きるのか。外出をビビりすぎている？　一人で外出することを。腹が痛くなり、目が霞んでくる。さいわい、書くことはできる。この不安を書くことはできる。書くことは歩行から分離されている——これはいつでもすごいことだ。どう評価していいのか分からないけれども。事態の改善を待ってアパートのなかを杖につかまってうろうろする。それを繰り返す。繰り返さざるをえない。繰り返すことが必要である。ほかのことができない。繰り返すこと、杖で歩くこと、際限なく繰り返すこと。歩けるかどうか、そとに出て試してみるべきなのだが、今はそれができない。待たねばならない。はてしなく待たねばならない。Googleで電動車椅子を紹介しているサイトを検索してみる。たくさん見つかるが、多くは室内用車椅子を紹介している。ぼくが探しているのは屋外用だ。そんなものは使いたくないのだが、可能なんだろうか。キャロルが帰ってきた（「帰宅」の綴りを確認するためGoogleで「キャロルが帰ってきた」と打ってみる。するとエルカンエム＝リス市のページに「キャロル・エニオン、四個のメダルをもって南アフリカから凱旋！」という記事を目にする）。ぼくはポストに行こうと家を出る。たしかにすぐ近くだ。行きはたいして難儀しない（帰りはもう少し難儀する）。とにかく任務完了。食事をしてアパートを下りて目の前の公園に行き、二人で読書する。暖かい。のどが渇く。つぎはもちろん小便である。帰るために立とうとするが、どうにもならない。身体が完全に固まっている。それでも歩かなくてはいけない。今日一日の仮決算は未確定である。不安はあいかわらずある。

二〇一六年五月二七日。キャロル、キャロル！　キャロル！！　キャロル！！！キャロル！！！！　声がどんどん大きくなる。死にそうだ、死にそうだ、死にそうだ。救急に連れていってくれ、救急車を呼んでくれ、死にそうだ。子どもたちを呼んでくれ、子どもたちを呼んでくれ、彼らと話がしたい、彼らと話がしたい、彼らを呼んでくれ、彼らと話がしたい。いつもとは違うから、リュクレスを、ジュディットを、ジョナスを呼んでくれ。ぼくのいい思い出を残してくれ。これを書きながら、ぼくは泣いている。あのときも言うとおりにしてもらえるのを待って、泣いていた。耐えられない。あれはぼくだった。これを書いているのはぼくである。耐えられなかった。今も耐えられない。この……のためにどれくらい待っただろうか。「……」を埋めるにはどういう単語を使えばいいのか。救急車が到着する。二人の物静かな男である。すぐに二つの解決策を提案する。サルペトリエール病院の救急外来にお連れしましょうか。そこで少し待てば、検査をしてもらえます。あとは家に帰ってくることになります。要するに、なんにもならないということ。もう一つの提案はサンタンヌ病院[*10]だった。そこの精神科救急外来。ぼくにとってはまったく新しいところだった。なら、知らないほうのサンタンヌに行きます。医者に検査されるが、そのときのことはまったく覚えていない。というか、ぼーっとしていた。キャロルが彼女と長く話していた。キャロルによれば、鋭い医者だった。たった一つ覚えていること。ぼくはひどい鬱状態にあり、家に帰るなどとんでもない。任意入院か措置入院かはともかく、精神医療的に保護される必要がある。そこで、その夜のうちに、ヴュルツ診療所に行くことになった。正確に言うと、パリ一三区のルネ・アンジェレルグ警察診療所である。ぼくは家ではなく司法精神医療の世界に帰った。

所長は我慢ならない女だった。午前中ベッドで読書するのは禁止。携帯電話も使用禁止。薬をもらうのに立って行列を作る。患者がどれほど疲れていても、薬をもらうため夕方でも自分で階下に下りていかねばならない。テレビの個人使用禁止（チャン

＊10　サルペトリエール病院はパリ一三区（フランソワ・マトゥロンが住む）にある総合病院だが、サンタンヌ病院は一九世紀以来、フランスにおいて精神医学の拠点となってきた精神科（脳神経科を含む）の単科病院。一四区にある。

ネルはＢＦＭ[*11]の情報番組に固定されている)。夜間介護なし。助けを呼ぶボタンもない。面倒が起きたときは廊下で叫ぶしかない。ある日ぼくはシーツを汚してしまい、自分ではずした。男が清潔なシーツをもってきたのだが、敷くことを拒否してぼくに言った。あなたはシーツをはずしたんだから、自分で敷けますよね。実際のところ、そこは処罰施設ではない。自由に出入りできるし、誰にも告げずに家に帰ってもいい。それをやれば、二度と入れてもらえないかもしれないが。ぼくは外部の精神分析家に会いに行く許可をもらった。たしかに刑務所ではなかった。そこはむしろ彷徨の場で、なにも起きない。人々が通り過ぎ、出ていき、戻ってくるところ。精神医療は光明ではなかった。ぼくの問題を最小化して、ぼくが出ていくのを待っていた。もっと適当な場所を見つけるべき時間。その日、キャロルは静かな怒りを湛えて機嫌が悪かった。こうしてぼくは「守護天使」に到着した。

明日はトゥノン病院に行かねばならない。アマレンコ教授による診察。彼は最先端装置を用いる治療[*12]で評判だった。目標は便秘改善のため腸を洗浄すること。診察に行くのは若干怖い。五月危機がこうしてはじまった。それまで何ヶ月も何ヶ月もアマレンコの診察を待っていた。彼は便秘の性格を特定するため、ぼくに多くの検査を受けさせていた。ぼくは何ヶ月も何ヶ月も装置を試すことがはじまるのを待っていた。

何ヶ月も何ヶ月もメシアの到来を待っていた。期待と心配と不安の数ヶ月だった。すべてをそれに賭けていた。賭けすぎて強迫観念になっていた。遅さを呪い、私怨まで抱きがちだった。ちょっとしたパラノイアである。病院内にある個人診療所に行けば診察を受けられることを知らなかったのである。そこに行って法外な診察料を取られることもない。

二〇一六年五月二七日。ようやく装置を試した。うまくいかなかった（なんとか正常に機能したのは最初だけ）。家に帰ると、疲れ果てて眠ってしまった。目を覚ますと発作を起こした。大きな発作である。逆説的だが、長いプロセスの結果でもある。明日のために神々に祈る。またはじまりませんように。予定の時間に歩けますようにとも祈る。そのためには今日はもうおしまいにしなければ。なにごとにもタイミングがある。

金曜。神々は寛大であった。少なくとも消極的には。発作はなかった。しかしそれ

*11 ニュースと天気予報に特化して二四時間放送するテレビ局。
*12 いわゆる腸内洗浄。便秘治療のほかダイエットや美容を目的に行われる。洗浄器によって肛門から滅菌温水を断続的に注入して行う。

以上でもなかった。装置の装着はうまくいったが、状態が改善されたわけではない。タクシーから病院まで歩くことはでき、病院のなかを歩くこと、タクシーから自宅まで歩くことはできたが、それ以上ではない。最後の数メートルはきつかった。病院ではしばらく装置をやめましょうと言われる。ここ二、三日、便に少量の血が混じっている。検査が必要、慎重さが必要。Googleに「電動車椅子」と打ちこんで以来、いろいろなモデルの車椅子を紹介するリンクに嫌がらせをされている。サイトの目的とはなんの関係もないのに紹介が出てきたりする。すさまじい。たとえばルモンド紙のサイトを開くと、電動車椅子B400モデルに行きあたる。操作のしやすさ、信頼性、小さいサイズにより、電動車椅子B400は屋内使用にも屋外使用にも理想的です。理学療法士に相談してみるべきだろう。しかし、彼のところまで行けるかどうかあやしいので、躊躇している。門のところまでは行けたが、明日はどうだろうか。明後日は、来週は行けるだろうか。携帯電話をつかみ、彼に電話してみる。留守だ。

土曜。昨夜はとても具合が悪かった。身体が跳ね回って自分の上に折れ曲がるように感じる。明日はもう歩けないと観念した。今朝も同じ印象である。三〇分ほどトイレにこもることを繰り返す。昨日すでに、そして今日もあらためて、車椅子のときが来たようだとキャロルに話す。追認の儀式でもするかのように、そとに出て確かめることにした。何歩か、また何歩かと進み、理学療法士の診療所まで行けた。往復できた。公園で一休みする。携帯電話を取り出す。ふつうはすぐに点灯するのに、反応しない。不安になる。携帯電話は必須のものだからだ。けれども心配の域を出ることはなかった。ドラゴンが動かなくなったときのようなパニックではない（ここで述べているのは、このテキストで語った故障ではなく、それより前の別の故障のことである——最初の故障である。ひどかった。おそらくあれが最初の不安発作である。そのときは自覚がなかったけれども。突然、書くことが不可能になり、リュクレスに電話して、昼間なのに呼びつけた。卒中を起こして以降ではあれがいちばん大きな発作だったと思う）。そのまま家に戻り、携帯電話をケーブルにつなぐ。充電のため。それだけのことにすぎなかった。充電切れ。だがそのときはじめて、抗不安薬も無駄ではないんだな、と思った。これはおそらく進歩である。ぼくは書けるようになるとあなたは思いますか？　ぼくの身体はぼくの身体であるとあなたは思いますか？　これが一日の終わりである。ただ今一〇時三〇分。

日曜。二人で映画に行く予定をしている。ずいぶん久しぶりだ。前の二回——おそらく不安発作の少し前だった——はやっかいだった。二回とも映画館を出たところで大きな問題が生じてしまった。前に進めなくなったのである。一回目はキャロルが夕クシーを呼ばなくてはいけなかった。ぼくは固まってしまって、動けなかった。二回目は、ほんの数メートル先のバス停まで行くのに一五分ほどもかかってしまった。バスを降りてから家までも同じ状態だった。映画プロジェクトがそれではっきりする。タクシーに乗らずにバスで映画館に行くこと。リスクのあるプロジェクトだが、たぶん可能なプロジェクトである。予防策を講じることにした。午前中に、理学療法士の診療所の前まで行ってみたのである。大きな問題なく行って帰ってこれた。バス停まではその二倍ほどの距離がある。帰り道はなんとかなるだろう。ぼくはタクシーを使わずバスで行くことにこだわっている。穏当な挑戦だが成否は自明ではない。普通の暮らしをする試みである。それがぼくの場合には映画館に行くこと。映画が恋しい。根本的な欲求だ。脳卒中のあと、数ヶ月後（一年ぐらいかもしれない）には一人で映画に行った。目下のところ、それをするのは軽はずみであろう。映画生活を取り戻すこと。すなわち、キャロルと家を出てバス停まで歩くこと、バスに乗ること、映画館まで行くこと、余計なことを考えないで映画を観ること（終わりごろはいたしかたない――漠然と心配になる）、映画館を出ること、バス停まで歩くこと、バスに乗ること、家まで歩くこと――これらすべてを支障なく、ほんの少し疲れるだけでこなすことができた。よき知らせである。ナポレオンの母ではないが、続いてくれればいいのですが。[*13]

月曜。今朝は昨日より調子が悪い。もう一度、療法士の診療所前まで行ってみる。行くには行けたが、とても調子が悪い。杖に強くつかまらなくてはいけない。杖がなければ前に進めない。この杖は、卒中後の二〇〇六年のはじめ、退院するときに買った。当時は使わず、必要なときにそなえてしまってあった。同じころに車椅子もレンタルし、何回か使って返してしまった。それを返す前の年は、杖も未使用のまま同じ場所、ソファーのうしろにしまってあった。杖の置き場所を変えたことはなかった。そこが定位置だった。ときどき遊びで使う程度だった。使いはじめたのは秋だったと思う。最初は使っても使わなくてもよかった。ときどき使い、だんだん頻度が増していった。家の近所で使うようになったが、交通機関では使わなかった。使うのは安心のためという域を出なかった。少しずつ必要になり、手放せなくなった。しかし、杖をもって地下鉄に乗れるだろうか。乗っていけないわけはないが、地下鉄で杖をついている人はほとんど見かけない。老人でも。地下鉄のオランピアード駅周辺をうろうろしてみた。答えを出すのが怖い。ようやくある日試してみた。答えははっきりして

＊13　ナポレオンの母が息子の皇帝戴冠式に列席したさいに呟いたとされる言葉。

いた。階段を下りるのに支えが必要。利くほうの手で支えるのだが、そのとき杖はどうする？　右手では杖を支えられず、よって、階段の上り下りのときに杖をもってくれる同乗者なしに地下鉄には乗れない。一人では無理。ぼくは固まってしまった。下りはじめたものの、上りはどうする？　転ばずにどうやって上る？　リトライしないほうが賢明だろう。だがやってみたい気持ちは去らない。杖、杖くん、きみはぼくには大切な存在になったけれども、同時に問題でもある。

同じことを繰り返しているという奇妙な印象がある。アルチュセールのテキスト、「ピッコロ、ベルトラッチ、ブレヒト」におけるように。「三〇人ほどの人物が空虚な空間を行きつ戻りつ。なにを待っているのか分からない。なにかがはじまること、おそらくスペクタクルを待っているのだろう」。今日は火曜である。歩行は困難。とても困難ですらある。だが昨日より困難なのだろうか。おそらくそんなことはない。昨日と同じところを、おそらく同じ困難さで行き来している。昨日と違うところといえば、散髪屋に行った。だが散髪屋も家の近所である。おそらく、歩行をめぐる強迫観念が困難さを際立たせているのだろう。しかしそれも違う。今日の歩行は昨日よりも困難だ。明日は医者に行かねばならず、それには歩くほかない。ほんの近所なのだ。金曜には理学療法に行く。宿題の訓練を終え、療法士の実物に会うことになっている。

それをこなさなくてはいけない。日曜のように、バスに乗らなくてはいけない。だがしかし、疑念が一つある。複数かもしれない。ぼくは前に進んでいるし、ぼくのテキストも進んでいるが、いったいどこへ？　いつかテキストとしてなのか本としてなのか、終わるだろう。明日なのか二年後なのか、誰にも分からない。今はこれが生きる助けをしてくれている。数週間後にはそれもむずかしくなるだろう。仕事——答案だ——が待っている。猶予はあと少し。進めなければならない。進めなければならない。

何人かの友人たちに、このテキストの最新ヴァージョンを定期的に送っている。漠然としているけれども正確な質問とともに。ぼくにはこのテキストが自分以外の人のためになるのか分からない。きみには？

もちろん！　けれども友人としてのぼくたちには、アルトーを叫ばせたこの苦しみ、ばらばらにされた身体、拷問にかけられた身体の物語を美的に評価することなどできない。そんな身体が張りめぐらす罠にかかった精神の物語を。病がきみたち、キャロルときみの生に強いているものに、ぼくたちは圧し潰されている。ぼくたちからの応援（そんなものがなんの役にたつのだろう）、友情、真摯な気持ちを送る。

きみのテキストに動揺している。どう答えていいか（きみにどう返事していいか）分からない。とてつもない苦痛と反復される考えについては推測できる。「然るべき場所」にない身体、剝離する身体、もう「歩けない」、あるいは「歩きたくない」身体、逃げる身体、投げ出され、砕け、激する身体、その引き裂かれた覆いがパジャマだとかジョギングパンツだとかパンツだとか呼ばれる身体。問いはまずきみの健康状態にかんするものだ。キャロルの言葉を、いくら耐えがたく思えても、捨て置いてはいけないし、最終的には受け入れなくてはいけない（「わざとやってるの？」）。彼女が正しいというわけではない。きみはまだ自分の身体の主人であることができるし、そうあるべきだということ。身体の好きにさせてはいけない。まだ書くことが残っている。書く営みは感覚から離れていない。たとえ、「知らないものになっていく」身体との距離を前提にしているとしてもだ。きみのテキストは美しいけれども、ぼくが望むのはそこにきみの苦しみがなかったことだ。この返事の繊細さと正しさはすばらしい。

きみにこのテキストを送る。ぼくにはこのテキストが自分以外の人のためになるのか分からない。きみには？　ええ、このテキストがかかわるのはあなただけではないわ。これは「証言」なんかじゃない。何度も読みました。そのうえで言っています。

単純ではないけれど。経験を証言に対立させてみたい気がします。少し安易ではあるし、レトリックのようなところもあるし、自信があるわけでもないけれど。私には、あなたがテキストで書いているのは要するに、「これはぼくの身体だ」ということのように思えます。アンヌの妹が、癌で鼻を失った自分の顔について、こう言っていました。「これは私の顔よ。鼻の再建ができなくても、私の顔よ」。ここには一つの経験がある。彼女もあなたも経験せずにすんだかもしれないのに、その試練を受けている経験。試練のなかで主体が、まさに自分を経験している。他人として、他人のように。証言にはこういう側面は見当たらないでしょう。たいしたことを言えるわけもないけれど、返事なしにはしたくないので、送ります。とにかく、あなたのことを思っているわ。ここにもとても繊細なものがある。

きみにこのテキストを送る。ぼくにはこのテキストが自分以外の人のためになるのか分からない。親愛なるおっさんへ、きみの書いたものを読むといつでも感心する。言うべきことはほとんどない。当事者が書いたこんなテキストは、ほかに知らない(いつだって他人が代わりに書く)。もう少し説明を求めたところ……ぼくが言いたいのは、とてつもない苦しみを経験した当事者が直接書いた、似たようなテキストを知らないってこと。ユダヤ人追放者たちは「あとで」書いた。物語よりも前に存在するコードにしたがって、しばしばあとから書いた（うーむ、病人ならアルトーか。彼は経験を一種の錯乱にくるんだ）。例としては、収容所に話を戻すと、アンテルムにかんするマスコロの本[*14]（記憶で書いている、確かめたほうがいいな……）を、きみの書いていることと比べてみればいい。ぼくたちがポツダムで発表したあと、あるコロキウム参加者がぼくにこんなことを言った。あなたのテキストはアンテルムを思いださせます。誇らしく思ったが、理由はよく分からなかった。指摘の意味が理解できなかった。今ではもっとはっきり分かる。おっさんのおかげ。正直に言うと、ぼくはきみのテキストに、自分たちが生きているものをダイレクトに描くのに成功したアーティストに近いものを見るね（たとえばボリス・タスリツキー[*15]……彼は彼の老いを追ったフィルムのなかでそのことについて語っている）。ポツダムでは指摘に言葉を返す時間はなかった。食事中だったし、そのあと突然、ぼくは失禁してしまい、着替えなくてはいけなかった。ひどくイライラした。ぼくの物語に話を戻す。おっさんのコメントには強い印象を受けた。とくに二〇〇六年の最初のテキストを思いだした。たしかにあれは同じ方針で書かれた。すなわち、今まさに体験していることから出発すること。彼のコメントにうれしくなって、タスリツキーについて調べはじめた。彼を撮ったクリストフ・コニェのフィルム、「ボリスのアトリエ」を観た。ポスターに彼の言葉が引かれている。地獄に行ってもスケッチするよ。とはいえぼくには経験がある。地獄に行ったことがあるし、そこで描いたこともあるよ。彼はブーヘンヴァルト収容所で描いていた。彼はそのことを語らなかった。

二〇一六年九月、戦いの同伴者ヨシ。卒中後のいくつかのテキストを再録することにしたけど、二人のテキストのうち、きみの部分はここにはめ込むには思弁的にすぎるので省かせてほしい。この裏切りならぬ裏切りを許してほしい。たしかにきみのテキストはある痛みをともなわずには読めなかった。奇妙な状態の描写はとても精確で、

＊14 役人であった第二次大戦中にマルグリット・デュラスの最初の夫となった、後の作家ロベール・アンテルム。デュラスとの結婚後、レジスタンス運動に身を投じ、ドイツ軍に逮捕されて強制収容所に送られる。ディオニス・マスコロは二人の友人で、デュラスの二番目の夫となった。終戦によってアンテルムが解放され、帰還したときには衰弱して瀕死の状態であった。

＊15 ユダヤ系フランス人の画家。社会主義リアリズムの潮流に属すとされる。レジスタンス運動に身を投じて逮捕され、戦時中は収容所を転々とさせられた。二〇〇五年没。

ぼくの身体になにかを移転させずにはいない。つまり、ぼくは今、自分の性器と足に関係のないことがむしろ変に思える。しかし、だからこそテキストは理論的価値をもっていると思う。それは一面、きみが意識しているようにたしかにスピノザ的なのだが、他面ではどこかデカルト的でもある。正確に言うと、コギトについての解釈という面をもっているように思える。ぼくにはきみはこう言っているに等しい。私は私の身体を知らないと知っている、ゆえに私は存在する。きみはきみの身体を知らないけれども、この知らないということを描写する言葉を選んでいるのはきみだ。選択は理性によって、あるいは理性をもって完璧にコントロールされているように見える。そのことが、『知性改善論』と『エチカ』のあいだに横たわる空虚を語っているように……きっぱりしているが謎めいたコメントである。もう少し説明してくれないか。ごめん、今は本棚の近くにいないので正確に言うことができないけれど、まずきみの親父さんの論文を読んでほしい。あの分厚い本に入ってる。タイトルはたしか「なぜ知性改善論は未完に終わったか」だったか。スピノザの「知る」については、ぼくたちが高等師範でやった発表（「スピノザとグループ・スピノザのあいだで――空虚」）のなかで、ぼくが少し喋っている。そこももう少し説明してくれ！　この空虚を説明するには、論文を一本書かなくてはいけないだろうけど、おおざっぱに言うと、親父さんは件のテキストのなかで、『知性改善論』が未完に終わった理由は、デカルト派との論争という文脈における「教育的」なものだったと言っている。二実体論者である彼らには、スピノザの立場――現実的なものの完全な理解可能性――は許容しがたく、スピノザは『知性改善論』で彼らを説得するため、経験から出発しようとしている。その方法が「観念の観念」(反省的認識)で、それは「知っている」と「知っている」と知っている」のあいだに差異がないと主張する。この無差異が「私」の経験を現実的なものの完全な理解可能性にまで連れていく。「真は自らと偽を指し示す」という論理にしたがってね。しかしこれではデカルト派を説得することはできないだろう。というのもスピノザの証明は、そうでないことはありえない、と論じるタイプの証明であったから。つまりまったく演繹的ではない(分析的でもない?)。だからスピノザは同じ理解可能性を唯一の実体と並行論によって証明する道を選んだ。『知性改善論』を捨てて『エチカ』を書くことを選んだ。『知性改善論』と『エチカ』の関係はヘーゲルの『精神現象学』と『大論理学』の関係のようなものだろう。ヘーゲルにとって、二つの書物のあいだに空虚はない。同じように体系的哲学者であるスピノザにとっても、空虚は原理的に存在してはならない。ぼくの印象では、そういう理由できみの親父さんは「教育的」という言い方をしたんだと思う。ぼくは、というよりアルチュセールがなんだが、二つの書物のあいだにそれでも空虚を見る。アルチュセールの言葉、「スピノザの対象は空虚である」（一九八二年のテキスト）のことを念頭に置いて言っている。そしてぼくは、アルチュセールが二つの書物を結びつけること、経験と永遠の真理のあいだに連続性を回復させることを、空虚によってやろうとしたと思っている。というのも、『知性改善論』における証明は「われわれは実際、真なる観念をもっている」という点に依りかかっているけれども、これはまったくもって無根拠な確信だし、『エチカ』は最後にこんなことを確認している。「われわれはわれわれが永遠であることを感じ、経験する」。まったく形而上学的な経験だろう。第三種の認識は『知性改善論』における「確信」と同種の経験ではないのか。ぼくはその点を『GRMレヴュー』に寄せた論文のなかで言おうとした。アルチュセールのスピノザ・ノートを参照しつつね。とくに「黒人の垢まみれのブラジル人」についてのスピノザの夢にかんするアルチュセールの「読解」。とにかく、第三種の認識はアルチュセールにとって、空虚の経験としての幻覚であると言おうとした。言い換えると、アルチュセールのスピノザは、哲学をはじめるため、意地悪な神を追い払う必要もないし、狂気を排除する必要もない。それどころか、狂気と理性のあいだには差異がないというところから現にはじめている。この差異の「なさ」を空虚として形象化している。ぼくにはきみは今、身体について知ることと知らないことのあいだの無差異を経験しているように見える。おかしな並行論だ。おかしなコメントだが、ぼくを自分のテキストに深く立ち戻らせることになった。無理解を超えたところに絶対的信頼がある。

金曜。宿題の訓練メニューを終え、理学療法士のところへ行く日である。ちょうど調子が悪い。これはおかしくなるな、という確信とともに目覚める。昨日も同じだったけれど。自分の身体が言うことをきかず、痙攣している。いっときも休まず、いっときも楽なことがない。それをいっときも忘れていられない。消耗させられる。今朝は自分でやる最後の訓練。動かしにくい。むずかしい、とてもむずかしい、おそらく無理かもしれない。これが真実の時間――白黒がはっきりする時間――なのだろう。そんなふうに受け取らなくていいのかもしれないし、そのほうがいいのだろうけれど、無理なものは無理。いつかこの身体、ぼくの身体こそを忘れることができたら、大金を積んでもいい。シンプルに歩くだけ、シンプルに世界を見るだけ、それだけでいい。結果を考えずに食べるだけでいい。今は一四時五一分。予約は一五時一五分。そろそろやめなくては。一七時には公園を通って家に戻った。すべてうまくいった。考えられるかぎりもっともうまくいった。これが理学療法というもの。「守護天使」での療法とはわけが違う。患者の身体、ぼくの身体、あらゆる身体と同じようにただ一つだけの身体に注意してくれる。療法士が言うに、たくさんの悪い習慣を直さなければいけませんね。ぼくの歩き方には驚いていない様子だった。おかげで肝心のことを忘れてしまった。車椅子の問題である。雄弁な忘却だ。

土曜（九月四日）〔正しくは日曜〕、一人で映画に行った。一種の復活だった。前回――かなり前のことになる――はひどいありさまだった。映画を観て――なんの映画だった？――バスに乗ったが、降りると歩けなかった。家に帰るためにキャロルに電話しなければならなかった。昨日観たのはベルトラン・ボネロの「ノクトラマ／夜行少年たち」。ちょっと失望したが、肝心なことはそれではない。日曜にキャロルと映画に復帰したのだ。映画の習慣が復活しはじめている。だがぼくの身体はいつもそれに見合うとはかぎらない。今日は月曜だが、ひどくはない。誰が身体を知っている？その力能と無力を。

月曜、二つのことをする。このテキストにポツダムのテキストをはめ込む。ほかのテキストとの関係でやり直す必要があるかもしれないが、できれば、卒中後のすべてのテキストをはめ込みたい。運次第、タイミング次第だろう。ぼくはそれを受け入れる。

きみにこのテキストを送る。ぼくにはこのテキストが自分以外の人のためになるのか分からない。親愛なるフランソワ、読んでいるあいだずっと、私は二人の読者でした。あなたの友だち、そして著者のことを知らない読者。

友だちとしては、あなたのテキストには耐えられない。短いものであってほしいと思っていたし、存在しないことさえ願いました。友だちとしては、耐えられない。あなたの痛み、不安、苦しみに対し、自分が友人としてなにもできないことに。私にはなにもできない。まったくなにも。あなたのためになにかできる人がいるとは思えない。記憶のなかに、なにか参考になるものはないかと探してしまうけれど、イスラムの隠者とか祈禱師といった馬鹿げたものを考えてしまう。調査の仕事をしているとき、祈禱師についてドキュメント映画を撮った監督に会ったことがあります。彼女のことを思いだし、役に立ちそうな連絡先を聞いてみようか、などと……こういう面では、まだできることがあると信じています。あなたの友だちとしては、テキストはほんとうに耐えがたい……土曜の夜に一緒に映画に行って、そのあとレストランに行って、といったことを思いだしてしまう。逃げているのね。あんな日々がまたはじまってほしい、また一緒に映画に行って、そのあとレストランに行って……と考えてしまう。あなたが『マルチチュード』の編集をしていたころ、『マルチチュード』読者のメーリングリストの管理者だったころを思いだしてしまう。[16] 私たちが大笑いしたこと、私が好きなあなたのユーモア……あれがまたはじまってほしい……私は逃げています。あなたのテキストが耐えがたいから。

著者のことを知らない読者としての私もいます。テキストに引き込まれ、魅了されている。最後まで行くと、もうおしまい？　もう一度読みはじめ、続きがはやく来ないかと待っている。力強い、とても力強いテキスト。こんなものがあったかしら？なかったよね。なかったはず。頭に浮かんだのは、黒人フェミニスト作家のオードリー・ロードの癌闘病記だけれど、ほんとうのところは似ていない……あなたのテキストは力強い。こういう力を身体の無力のただなかで手に入れるのが、スピノザを消化するということなのかしら（消化するのであって、たんに読んで研究するのとは違う）。あなたはあなたの身体で考えている。あなたが歪んでいると感じるあなたの身体は、あなたの語りを通して思考から自立していって、自由を発見しているようにすら見える。また読ませてね。力強い返事だ。ぼくは自分の日々を失ったわけではなかった。友人たちよ、あてにしてくれたまえ。不可能な身体についての無駄話は続く。

火曜。真夜中に目が覚める。尿意のせいか便意のせいかはもう分からない。最近は夜中に起きることがほとんどなくなっている。大きな変化である。何ヶ月ものあいだ、ほとんど毎晩起きていた。そのためすぐに、居間に小さなベッドを置いた。夜をそこで終えるようになっていた。毎晩四回か五回、目が覚め、トイレに行って、秘密の儀式めいた面倒な作業をやっていた。水分も大量にとった。当時は理由も分かっていたが——水分は欠かせない——今ではなぜあんなにのどが渇いたのかと思う。つい最近のことなのに。しばしばはじめからそのベッドで眠るようになったが、夫婦のベッドで寝て、一度目が覚めたあとそこへ移ることもあった。小さなベッドを入れるという決断は微妙なものだった。一方では、それは一種の侮辱だった。もう自分のベッドで眠れない。ぼくのベッドなのに。同時に、この小さなベッドは長い歴史をもっている。もともとはシャントマンシュのぼくの祖父母の家にあり、よくそこで寝た。屋根裏部屋にあり、ぼくのお気に入りだった。ずっとのち、もう結婚していたころだが、キャロルの母がマットを替えてくれた。Google で「il venait」(「来る」の三人称単数・半過去形)の綴りを確かめるために打ってみる。ダリダの歌が出てくる。彼は一八になったばかり/子どものようにかわいらしく、大人のように強い/あれはもちろん夏だっ

＊16　フランソワ・マトゥロンは雑誌『マルチチュード』の編集委員であると同時に、脳卒中を起こすまで編集実務全般の統括者、読者メーリングリストの管理者だった。

たわ／彼に会って秋の夜を／指折り数えるようになったの……パリに戻ってからは、自分のベッドで寝ている。ほとんど起きることもない。逆に、しばしばキャロルのほうがこのベッドで寝ている。眠っているぼくが立てる音のためである。どうもいびきではないらしく、音の正体は不明。たぶん、ぼくの身体がびくっと動いてしまうことに関係しているのだろう。今日はなにか心配。過剰に心配。だが療法士のところにはさほど問題なく行けた。それでも心配はずっと去らない。落ち着くこと、リラックスすることができない。CNEDの問題——ぼくの仕事の件だ——はどうやら解決したようだが、待っている電話がいっこうにかかってこない。ぼくは待つ、待つ、待つ。明日は精神分析家にまた会いに行くつもり。不安発作の前にすでに四回会っている。診察室はそれほど遠くない。どうやって行こうか。以前のようにタクシーか、それともバスか。それが心配の種。しかし種は次から次に現れる。服用している薬のことも心配だ。たらふく飲んでいる。いいんだろうか。

水曜。精神分析家に会った。行きはタクシー、帰りはバスを使った。彼女にこのテキストのことを話す。バスのなかで、友人たちの称賛を思い返してみる。ぼくの最初のテキストにかんする称賛も。それらはどれも似ていた。たしかに今と同じように生々しく書いている。同じ種類のテキストだ。しかし精神は同じではない。二〇〇六年は二〇一六年ではない。

木曜。昨夜は休む間もなかった。携帯電話を失くした。探しても見つからず、不安が高まる、高まる、高まる。みんなが探してくれるが、出てこない。緊張感が高まる、高まる、高まる。たかが携帯電話じゃないの、新しいのを買えばすむでしょ、と言われるが、気休めにはならない。誰かが中国に電話してぼくに請求が来るかもしれないじゃないか、とぼくはキレる。操縦不能状態。ぼくの携帯が要る、支払い停止にしなくちゃだめだろ、今やらなくちゃだめだろ。寝る間際になって、新聞を買うときにポケットから携帯電話を出したことを思いだした。たぶんあそこだ。明日の朝を待ったほうがいい。一息ついたが、気分が悪くなる。夜は興奮状態で、起きてトイレに行っても、なにも出ない。朝起きて朝食を取る。顔を洗って携帯を探しに行かなくては。トイレに行くと、来ない「出来事」を待って身体がこわばっている。浴室に移動し、浴槽に入る。こわばったまま立っている。すると突然、大量の大便が出る。最初は少し、ついで、どっと。その間ずっと立ったまま。浴槽を出て糞便を洗い流す。適切な処置ではないが、実際的な処理である。カタストロフは免れる。服を着て新聞屋に向かう。たしかにそこに忘れていた。行くまではたいへんだった。転びそうになった。よくあることだが、身体の平衡を保っていられない。転ぶのが習慣になりはじめている。地下鉄に乗っていて、出口で転んで大騒ぎになったこともある。血まみれになり、救急車でかかりつけの病院に運ばれた。何針も縫った。家に帰ると子どもが写真を撮った。なかなかの一枚である。今日は映画に行くつもりだったが、状況を見るに、やめたほうがいいかもしれない。

金曜。昨日は結局映画に行った。Voir du pays（「祖国の」あるいは「祖国への」「まなざし」ほどの意か。英題は The Stopover）、いい映画だった。アフガニスタン帰りのフランス人兵士が、息抜きにキプロスで三日間過ごし、心理学者のカウンセリングを受ける。抑制を利かせて語りかける映画。今日は理学療法士に会った。彼に言わせれば、ぼくは車椅子が必要な麻痺状態に陥りかけているわけではない。卒中の直後、リハビリもまだはじまっていなかったころ、ある医者がぼくを診察して言った。また歩けるようになるでしょう。この預言を忘れていた。振り出しに戻る。

金曜／土曜。悪夢、長い悪夢。大きなレストランに、背の高い美女といる。彼女は着飾っている。映画の一場面のよう。ぼくはなにもかも盗まれ、無一文。罠にはまった。身分証明書もなく、外国にいる。支払いができず、ぼくは笑われる。美女はもう払ったあとだった。最近読んだ本（エマニュエル・カレールの『嘘をついた男』）と中華料理屋での財布紛失事件が混じりあっている。悪夢はひどく長かった。五時に目が覚めたが、キャロルは隣にいなかった。トイレに行くが出ず。そのつぎに起きたのは一一時半で、朝食を取り、トイレに行くと例のシナリオが。最初は出ない。つぎに浴槽に入って立つ。またしても浴槽に脱糞。どうして浴槽なら出て、然るべきところでは出ない？

きみにこのテキストを送る。ぼくにはこのテキストが自分以外の人のためになるのか分からない。きみには？　パソコンを立ち上げるとこれが。ほんもののごちそうだよ。今度はすぐに読み、うれしい気分になっている。きみの精神が活動しているのを感じるし、楽しんでいるのも感じる。だからぼくも活動したことになる――哲学をかじったこともあるからね。とはいえＴＲＥが『知性改善論』のことだと知るのにもウィキペディアに行く必要があるという程度。それもよかった、ぼくも楽しんだ。テキストを読んで何度も笑った。きみのテキストの力はテキストの形式からも来る。形式というのは、きみの言葉とアルチュセール、ヨシ、おっさん、その他の人の言葉を密に織り合わせるやり方。誰が語っているのか分からず、全員がきみを通して語っている。ヨシが抱いたのと同じ印象を体感する。語っているのはきみ？　彼？　ぼく？

その印象がきみの立てる問い、全員にかかわる問いへとつながっていく。身体経験としての思考、あるいは、集団的ないし個人横断的な経験としての思考。思考がそういう経験であるのはたしかだと思うし、思考がそういう経験になるのは、ぼくたちが交わす言葉によってのみではない。言葉を交わさなくても他人とともに考えているし、横になったり立ったり動いたり動かなかったりすれば、そのたびに思考も動く。ペンをもとうがパソコン上であろうが。きみの考えていること、きみの住まいであるありえない身体とともにきみが考えていることは、だから貴重なんだよ。

昨日ヨシから以下のメールを受け取る。彼には、テキストのモンタージュについて意見を求めていた。モンタージュはなかなか効いていると思う。わざとカッコを使わずレイアウトも変えずにテキストを挿入する、というやり方のこと。メールの引用についても同じ。ときどき読みにくくなるとしてもね（読者は自問せざるをえない——これは誰の文章？　著者の？　友人の？）。ものごとを現場で語るには、これはスタイルの一つでありうる。ところで、ぼくがきみに書き送ったことについて、一点付け加えておきたい。デカルトの「われ思う」はスピノザにとって「われ知る」だということ。「知る」はまず「知る」と「知っていると知っている」の無差異だけれども、それは「知っている」と「知らないと知っている」の無差異でもある。私は自分の身体についてなにも正確なことを知らないと知っている。とにかくスピノザは懐疑を退ける必要がなかった。懐疑は確信の一つのあり方だった。私は私が知らないと知っている、ゆえに私は存在する。それがきみのテキストから読み取れること。

日曜。ぼくにしては少し早く目覚めた。八時ごろ。なんとなく小便をしたいが、出ない。朝食を取ってトイレに戻る。まだ顔も洗っていない（洗うという動詞が虚ろに見える。単語を知っていても、それが書かれているのを見ると、なにも語りかけてこない。つねにこんな調子だ。この後遺症は乗り越えられない）。トイレは実りなし。浴槽に入る。来るかと期待して立っているが、来たらず。シャワーを浴びて浴槽を出る。どうしようか迷ったが、また浴槽に。するとまた大量の糞。この身体のことが理解しがたい。ぼくの身体を理解しがたい。

月曜。特別な日になった。糞のことではない。それは昨日と変わらずだ。精神科医との面談でもない。これまでのところ、面談にはなにも特記事項はない。行きはタクシーに乗り、帰りは地下鉄を使った。キャロルが一緒だったので、なにも問題はなかった。いつものように、階段では杖をもってくれた。だが突然の光明。ぼくは利かないほうの手で杖をもっている。しかも杖を落とさない。これなら一人でも地下鉄に乗れる。ちょっとむずかしいが、できる。二〇一六年九月一二日。お祝いだ！　お祝

いだ！　お祝いだ！

火曜、パソコンを立ち上げる。ルモンド紙のサイトに行くため（そう、また）。するとすぐに以下が目に飛び込む。

電動車椅子 TDX SP 2、七七九七ユーロ

電動車椅子 Kite Plus、三四八七・九五ユーロ

電動車椅子 Partner、三四八七・九五ユーロ

電動車椅子 Kite Plus、三四八七・九五ユーロ

電動車椅子 Storm 4、七七九七ユーロ

電動車椅子 PARTNER Evolution AA2、一万二一〇〇ユーロ

電動車椅子 PARTNER Evolution は頑丈に作られており、以下を標準装備しています。三五〇ワットのモーター、ヴァージョンアップされていく電子機器 Q-Logic 2、新型の座椅子 Tru-Balance 3。この座椅子は五〇度の上下平行移動が可能で、背もたれは身体の動きを感知して一三五度まで傾きます。

さらに、この電動車椅子は真に外出を考えて設計されています。高速、強力、衝撃に強く、操作は軽快、コンパクト、快適、人間工学にもとづき、頑丈で、機器のヴァージョンアップがあり、デザイン性にすぐれ、大きな自立性をお約束します。

Evolution AA2タイプは介護保険の適用対象です。

技術仕様

——後輪、モーター推進：一四インチ

——前輪：一〇インチ

——サスペンション：アクティブ・トラック ATX

——上下動防止キャスター：三インチ

——対地ガード：一一センチ

——回転半径：六五センチ

——座椅子横幅：三〇－六〇センチ

——全横幅：六二センチ

——座椅子深さ：三〇－六〇センチ

——地面から座椅子までの高さ（リフト部分を除く）：四五センチ

——使用者の体重上限：一三六キロ

——操作機 Q-logic 2　標準装備

——バッテリー：MK73アンペア

——自走距離：三五キロメートルまで

——最高速度：時速一〇キロ
——歩道高：八センチメートルまで
——四点装着シートベルト
——シートベルト自動バックル
オプション
——二五センチリフト
——足置き
——電動脚起こし
——補助電動脚起こし
——ボディスーツ
——赤外線式操作盤
——介助者用操作盤
保証：二年（バッテリーは一年）
売行き好調：どんな給付金にも対応します

水曜。きみにこのテキストを送る。ぼくにはこのテキストが自分以外の人のためになるのか分からない。きみには？　とんでもないテキスト受け取ったものだ。昨日読んだけど、すぐに返事を書かなかったのは、ほとんど固まっていたから。

これまで語られたことのないことをきみは語っている。糞便と尿の話をする。セックス以上にタブーである主題だ。普通は黙ってやり過ごす。避けたり婉曲に触れたり、「もっと上品な」ことを強調する。「上品な」ことは誰もの日常生活の一部をなしていて、普段はたいして意味がなく、トラブルを生まない。きみの語っているうっとうしいことを、知っていながら黙っている——あるいはやんわりと語る——しかない人がどれくらいいることか。背中や腰やほかのところの痛みについては進んで語っても。要するに、きみは羞恥心の聖域を侵犯しており、圧倒的に正しい。ぼくはこれがきみの日常的苦しみだということを知っているけれども、あえて書かなくてはいけなかったんだ。未来の読者にとっては、あえて言うが、解放的なことだと思う。

他方、身体が一種の自立性を獲得していく経験、きみの言うことをきかず、なんでもやらかしてくれる身体についての、めまいがする強烈な経験がある。身体が言うことをきかないきみとはいったい誰なのだ？　きみは自分の「冒険」についてどこまでも明敏な意識をもっている。しかし、きみの身体を動かしているものに、きみはまったく無知。自分の身体が、指令した覚えもないのにどうやって動いたのかにまったく無知。便器の隣で自分がどうやったのか分からない、理解できないときみが描くシーンは圧倒的かつ悲劇的……。

ぼくにも自分の経験がある。きみがこれを書く前にあった自分の経験が今でもぼくをうずかせる。精神病院というユビュ的世界の矛盾について、ぼくの感覚では、描写がちょっと簡素にすぎる……とにかく、続けるべきだ。最後まで行ったら、この生物《なま》語を世に出すべきだ……生《なま》の苦しみはほとんど語られたことがない。あるいはいつも事後的に語られる。そこにきみのテキストの力がある。結局は書いてはならない、という禁止を侵犯する以上の力だ。生《なま》を語る物語……。

このテキストを書きはじめたとき、ぼくは目的をもっていなかった。「守護天使」にいて、激しい苦しみの餌食になっていた。ぼくは自分のために書いた。書くことで恐怖に対し少しだけ距離を取り、寛解を得るために書いた。文学的に書くつもりもなく、あくまで自分のためだった。テキストの進捗に合わせ、何人かに定期的に送った。近況を知らせるぐらいのつもりで。あくまでプライベートな行為だった。驚いたことに、書き方に注意を払った長い返事が返ってきた。何人かの友人には同じ質問を送ってあった。テキストの続きを送る。ぼくにはこのテキストが自分以外の人のためになるのか分からない。きみには？　返事はたくさん来た。その最後は今日届き、これもすごい。

「きみには？」とある。メールのタイトルに。ぼくとしては、このタイトルに即座に居心地の悪いものを感じた、と言わねばならない。

いい質問だな、と思ったよ、そう、ぼくも一度は。質問を文字通りに受け取って、「で、ぼくは？」と聞かれていると思った。きみが選んだタイトルは、きみが自分のテキストに関連して、メールの結語でもはっきり問うている最終的問いを繰り返している。しかし、それがタイトルになるとダイレクトにぼくを尋問する。正面から問われると、いやおうなく、ぼく自身を問いたくなる。そう、いい質問だけどやっかいなんだ。ぼくはいったいぜんたいどこにいる？　どうなっている？　自分を消して、周囲の人たちの気がかり、痛み、神経症、苦しみ、試練へと遁走しているつもりが、アホなことをやり続けているだけでは？　周囲の人というのは、昨日の分析主体 analysants（飢えて死にそうになっても、ワレワレハ不可能、と言っている）にして今日の友人ないし関係者。

そうなると、読んでいるあいだ中、そこから自分で出ていけない。著者としてのきみの意図とはまったく関係のないものを現前させずにはきみのテキストを読めない。読者であるぼくにしつこくつきまとう、イライラする現前。それだけじゃない。個人的にはとても痛く——痛みは身体的なものだよ、正確を期せば——それを想起することは恐ろしく、それが再び活発になると悲嘆にくれる。悪夢が悪夢にはめ込まれてしまう。きみの今の試練とぼくの昔の試練が入れ子になり、あの過去が再び訪れるのではないかと思えてくる。あの試練はぼくが味わった過去にしか属さず、きみにはまったくかかわりがないと瞬間的に結論しても、先月末にテキストを受け取ったとき、ぼくはあそこに連れ戻されてしまった。

言葉を選んでいるつもりだよ。きみにこれを書き送ることで、きみによからぬ思いをさせるのではないかとも思っている。きみ自身の苦しみが隠蔽してきた問題をきみに突きつけるのでは、と。ぼくたちの痛み、試練、恐怖はいつだって他人の苦しみに対し目と耳をふさがせる。単純なことで、「考えてもみない」んだ。周りの人間はぼくたちの病の結果にだけ苦しむのではない、と突然発見する人たち（すなわちぼくたち全員）が、心底つらい調子でよくそう言う。だからといって、ぼくは、ぼくたちのほうが他人に対して抱く不安、それを強く推し量るときの不安を過小評価しているわけではないよ。彼らがぼくたちの病に苦しんでいる、自分にはまったく責任のないことに対し罪を感じている、とぼくたちが推し量るときの不安。まぬけなデュフォワと[*17]彼女の糞な言い方が忌むべきものでもあるのは、彼女があらゆる病者の悲劇をわざとひっくり返しているからだ。責任もないのに罪人として生きる悲劇。

奈落へと続くこの斜面では、ことの進展は早い。この国を密かな通行人、船荷監督として長く旅してきて、ぼくはよく知っている。きみと同じように――なんということ！――自分の費用で何年も。つまり身体で防御しながら。だからきみのテキストを読み、その一ページ目から即座に、窓から見える光景のことだと分かった。それを、愚か者（聖書的な意味、つまり心の弱い人間だよ）であるぼくは、下を向いていれば見なくてすむと思っていた。

これが、きみのテキストを方向づけ、テキストに取り付いている問いへの答え。おそらく、各行にはりついている下痢便の飛沫からは遠いなにかが、きみの手からこぼれ落ちている、と言えるかも。

そう、フランソワ、きみのテキストはきみにだけ宛てられたものではない。それが

＊17　フランスの政治家、ジョルジナ・デュフォワのこと。ミッテラン社会党政権時代に「社会的連帯相」として入閣経験もある。主として医療や社会政策の分野で活動。ここで槍玉にあげられている発言は、血液製剤へのエイズ・ウイルス混入事件に対する政治家としての責任を問われた九〇年代初頭の裁判に関連したもの。インタビューに答えて「責任はあるが有罪ではない」と述べた。

きみの問いだったね。きみ以外の人にもたらす「益」を問題にしてきみが問いたかったのは。だとすれば、ぼくがきみになしうる返答はイエスだよ。一度目よりは落ち着いて読めた二度目の読後感としては。

話を例の肛門裂開とそのドラマティックな結末に戻す。四年前だったと思うが五年前かもしれない。復活祭休暇のときだった。ヴィセルでのことである。恐ろしかった。痛みが徐々に拡がり、それが昂じていく。痔なんだろうと思った。痔なら知っているので、さほど心配していなかった。しかし週末になると、痛みが耐えがたく、医者に行かなくてはならなかった。肛門裂開、ぼくの知らない診断名だった。土曜にパリに戻り、ヴァカンスは終わった。日曜には、痛みがあったにもかかわらず、映画に行った。痛みに身体をよじったけれども、隣の席が空いていたので、二席を占領してほとんど横になっていた。どうして、こんなありさまにもかかわらず、映画になんか行くのか。今思えば理解しがたい。痛みは長く続かなかったものの、便秘がはじまった。何十人もの医者に診てもらった。驚いたことに、脳卒中後の便秘は珍しいものではないらしい。何年も経ってそれが現れるのはかなり珍しいそうだが。

はじめはたいしたことはなかった。最初に飲んだ薬はほとんど効かなかったが、つぎに飲んだ薬はよく効いた。恒例のヴィセルでの夏のヴァカンス中、自分の身体から出ていく大量の糞を楽しんだことを覚えている。しばらくそれが続いた。自分の身体を使って遊ぶ子どもじみた快楽だ。しかし、続かなかった。急速に調子が狂っていった。しばらくすると、ぼくの思考は一つの問題に集中しはじめた。いわば、糞のことしか考えられなくなったのである。そこから抜け出せない。一個の円環である。糞の円環だ。分析にかんする分析、結果の出ないリハビリのようなもの。しばらくすると、便に血が混じるようになった。なんども救急外来に行き、輸血を受ける。輸血を繰り返す。二〇一四年八月に痔の手術を受けており、みごとな手術だったけれども、便秘の改善にはなりませんよと言われていた。

金曜朝、キャロルと衝突。一週間ほど前から、トイレで大便することができなくなっている。座るとなにも起きない。その場で立ってもいいのだが、そうすると糞が便器をはずれるリスクが高くなる。これはほとんど確信であり、はずれたときの結果は想像してもらえるだろう。だから、そこまでリスクのない浴槽に入るほうがいい。実際、浴槽では、なかに糞をする。そして洗い流す。そこへキャロルが怒り狂って入ってくる。あなたの偏執にはうんざり、汚いじゃない、黴菌がいっぱい、こんなことが続くなら、子どもたちと出ていくわ。こういうときには議論にならない。偏執ではなく、不都合を減らそうとしていると説明することができない。絶望的な気分になり、すべてを投げ出したくなる。さいわい、今日は以下のメールを受け取った。投げ出さないでいさせてくれる。

きみにこのテキストを送る。ぼくにはこのテキストが自分以外の人のためになるのか分からない。きみには？　読んだよ、何度も。あとでまた読もうと思う。二人の読者についての箇所まで来て、思った。彼女はぼくの言いたいことをすべて言ってくれている……読み進むうちに、そこかしこに、体験したことのある（必要な修正を加えればだけど）感覚を発見し、近いという感情が湧き上がるのだけれど、もちろん、とても遠いという感情もつぎには起こる。きみが外部のテキスト素材——きみ自身、きみの友だち、距離はいろいろのさまざまな哲学者から取ってくる——を「消化する」やり方は、印象深いものの一つだ。これがテキストの力の一つになっているように思える。中断されたかっこうになっている終わり（仮の？）も印象深い。これをぼくに読ませてくれてありがとう。これを書いてくれてありがとう。

ということで続ける。ほんとうの困難、消化できない困難がいつはじまったのかはもう分からない。ポツダムが転換点だった。大きな幸福であると同時に最後の幸福。ポツダムでは、ホテルに着いたときに転倒し、そのあと何度か転んだ。そのときまで、ぼくは歩いていた。自分なりに気持ちよく歩いていた。ヴィセルでは一〇キロ歩いた年もあった。ポツダムのあと、そのヴィセルで、ぼくはもう歩きたい気持ちを失っていた。しかし転換だとは気づかなかった。転換の日付は、父の脳卒中の日――二〇一五年の復活祭中――に求めることができるかもしれないけれど、あれはぼくの状態が悪化した日である。とにかく、モー病院に父を見舞ったとき、ぼくの調子は悪かった。長時間病院のトイレにこもり、最悪の事態を恐れていた。その場にふさわしからぬことをやってしまうのを。

九月一九日月曜。パリ地区大学本部で医者に会う約束がある。ぼくの行く末、ぼくの「キャリア」のこれからがそれで決まるだろう。おおまかに言えば、続けるか、やめるか。面談のことが気になり、テキストを続けるべきなんだろうが気力が湧かない。一息ついたほうがいい。今は書く作業には不向きだ。大学本部から戻る。面談を恐れたのは正しかった。あの女はぼくに言うべきことなどなに一つもっていなかった。まったくなにも。彼女はこう言っただけである。あなたは専門家に会うための呼び出し状を受け取るでしょう（専門家連中にはつねに用心しなければならない）。あなたが答案添削を続けられるかどうかを判断していただきます。愚かさここに極まれり。つぎからつぎに呼び出し状が来るに決まっている。やつらはぼくが仕事を続けられないと宣告できるまで送ってよこすだろう。いやはや。

気持ちを落ち着かせるために、テキストを続ける。六月はイベントがたくさんあった。五日と六日には、ヨシとともに、『マルクスのために』と『資本論を読む』の刊行五〇周年記念コロキウムに参加した。二〇日には長女リュクレスを結婚させる。コロキウムのとき、ぼくは調子が悪かった。尿を漏らさないかとひやひやしていた。さいわい、それは避けられた。会場には母が来ていた。そんなことはそれ一度きりである。入院している父の不在を埋め合わせるつもりだったのかもしれない。発表原稿の準備は芳しくなかったが、期待を上回る成功を収めた。ぼくたちの発表タイトルは「スピノザとグループ・スピノザのあいだ――空虚」。

一九六三年一一月、ジャック・ラカン、「私たちの関係は古いのですよ、アルチュセールさん。あなたは私が戦争後に師範学校でやった講演のことを覚えておられるはずです。暗い時代の粗雑な入門講演でしたが(それでも、私の現在のドラマに出演している役者の一人は、そこで己の道を発見したとか)」。

二〇一五年六月、ぼくたちの関係は古い、ヨシ。きみはぼくたちの最初の出会いを覚えているはずだ。もうずいぶん前になる。きみは毎日決まった時間にやってきて、アルチュセールの草稿を写しまくっていた。当時リール通りにあったIMECで、ぼくたちはみな、その姿に心打たれていた。

きみはコロキウム「今日アルチュセールを読む」のことをもちろん覚えているはずだ。ユルム通りだった。参加者のなかにはヤン・ムーリエ・ブータンとトニ・ネグリがいて、アルチュセール派の人はいなかった。きみの発表は「ルイ・アルチュセールにおける時間と概念」。中身の詰まった発表だったけれども、きみは三〇分という約束を守った。ぼくは「ルイ・アルチュセールにおける空虚の反復」。とても長い発表だったけれども、プロフェッサー・市田という特別な産婆に介助された出産のようなものだった。一九九五年、二〇年前だ。

しかし、ぼくたちはここに、この二〇年を祝うためにいるのではない。『マルクスのために』と『資本論を読む』の五〇年に祝辞を捧げるために、ここにいる。とはいえ、アルチュセールはこの祝辞をどうでもいいと思ったかもしれない。彼にとってこれら二冊の刊行は、精神の重篤な危機を誘発し、長期の入院を招いたのだから。ぼくたちはといえば、この二〇年は二つに切断されている。前と後に、「われらの生の道のまんなかで」。人はふつう脳卒中の記念日を祝ったりしない。自分の父親が同じように先行きの視界喪失に陥ったばかりのときは、いっそう祝わないだろう。喪失の結末は、二〇一五年四月三〇日現在、まだはっきりしない。けれども、再び生まれてしまったこの裂け目が、ぼくたちをアルチュセールの歩みの近くに連れていく。

一九九一年四月。アルチュセールの死の直後に行われたコロキウムで、ジャック・ランシエールはこう語っていた。「私にとり、アルチュセールとは二、三のテキストのまばゆさと一つの失敗の閃光である（…）。彼は閃光をあまり好まなかったはずである。『マルクスのために』にこう書いているのだから。フォイエルバッハ・テーゼの短い閃光は、そこに接近するすべての哲学者を光で打った。だが誰もが、閃光は照らし出す以上に目を眩ませると知っている」。ぼくたちのコロキウムで、ぼくはランシエールのこの発表に言及した。彼の閃光に圧倒されながらも、ぼくは説得されていなかった。たしかにアルチュセールにおいて、閃光はイデオロギーがもたらす幻想的感覚を意味しうるかもしれない。しかしそうした感覚の破砕をも同じように意味しうる。

一九六三年五月。「治療が終わるとき、仕事がはじまる――フロイトがどこかで言っている……レーニンは言っていた、われわれは革命をなしとげた、今や社会主義の建設に取りかからねばならない、その困難は同じではない。しかし人は忘れている。そのとき人は別の夜に入るのだ。青年期のあらゆる光をはみ出ていく夜。それらを辛抱強く、持続的に再建し、それらの明るさを持続的で不変の閃光に変えるために」。私たちは一見、ランシエールの解釈の延長線上にいるように見えます。しかし……。

一九六二年七月。アルチュセールはミラノの劇団、ピッコロ座による公演を観ます。スペクタクルに魅せられ、彼は閃光に溢れたテキストを書きます。「短い閃光」、「閃光のとき」、「短い挑発」、「そこでもまた短い閃光が」、「閃光のように短く」、「閃光の人物」。言い換えるなら、持続する閃光、あるいはむしろ時間のそとにある閃光、さらに言い換えれば、時間以前の時間があります。卒中からまだ一年経たないころ、私はあるテキストを「書き」ました。というか、語りました。不可能であるけれども必要なテキストでした。ご存じかと思いますが、「もはや書けなかった男」といいます。あらためて引用させてください。「まず時間のゼロ地点ができる。するとゼロ以前の時間もでき、そこでは卒中はすでに起きている。一種の時間以前の時間である。そしてはじまりが来る。無からのはじまり。そのときまで読書を通じて垣間見ていただけの思想を、ぼくは自分の肉体で経験した」。

一九六四年二月。「今思うと相当奇妙なことだ。何ヶ月ものあいだ、ぼくは深い現実と生々しくコンタクトする信じがたい能力をもって暮らした。まるで開いた本を読むように、それらを人々のなか、現実のなかに感じ、目にし、読むことができるんだ。

しばしばこの尋常ならざる事態のことを考えた。ぼくが名前を敬う希少な数人――スピノザ、マルクス、ニーチェ、フロイト――のことを思い浮かべながら。彼らが彼らの遺したものを書くことができたのは、このコンタクトを行ったからにちがいない。そうでなければ、現実的なものを覆う分厚い地層、墓石を彼らはどうやって取り除けることができたのか、ぼくには分からない。現実的なものと、どうやって直接コンタクトすることができたのか。このコンタクトが、彼らにおいて永遠に燃え続けている」。ここにあるのは、長く続く閃光です。永遠のきらめきです。

一九六二年一〇月－一九六三年五月－一九六五年九月。「ぼくは理論において自分と直接関係しないものはなにも理解できない。（…）現実的なものとの二種類の関係（合理的関係と情動的関係）があるのではない。関係は一種類しかない。（…）理論的対象との関係は自己との関係にも規定されている」。そして（ ）、大きな空白。「われわれは資本論を哲学者として読んだ。われわれは資本論に、対象との関係という問いを投げかけた（…）。資本論の哲学的読解は、したがって、無垢な読みとは正反対のものである。それは罪ある読みであり、その過ちは告白により許されるものではない」。

親愛なるヨシ、ぼくは、ぼくたちのアルチュセール読解が無垢であるとは思わない。

読解にともなうさまざまな逆説を、ぼくたちはとりわけぼくたちのテキスト、「一、二、三、四、万のアルチュセール」で長々と掘り下げてみた。だがそれは昔のことだ。今はもう、現実的なものとの、思考との、ぼくの関係はあのときとは違う。ぼくたちの最初のテキストで、ぼくたちは問題を避けた。二番目のテキストでは、通り過ぎた。ならば今はどうする？　ぼくとしては、閃光のときだ、われらの友をして語らしめよう。狂気の別の業により、あるいは預言の別の業により……をした友に語らせよう。

ということで、なにもしない（!）。ぼくはきみにこういうメールを送った。「ぼくがぶつかっている困難を演出してみた。なにか面白いものがあるかもしれないけれど、きみがバトンタッチしてくれないと!?」。きみの返事はこうだった。「ぼくのほうはこんな感じ。きみの最新版について言えば、もっと演出家になってもいいと思うぞ。しかし悪くはない」。ということで……。

一九六六年六月。「哲学の状況とマルクス主義理論の探求」。講演原稿です。実際に読みあげられたヴァージョンは芝居がかっています。しかし最初のヴァージョンはもっと芝居がかっています。「われわれは芝居見物に招かれた人々のような状況にいる。ただし、誰も見たことがなく、誰にも語られたことがない芝居であり、われわれは漠然とタイトルを知っているだけで、内容についていかなる予想もしておらず、その作家を知りもしない。（…）われわれを支配している理論的状況は、アルチュセール効果、バリバール効果、マシュレー効果、ランシエール効果、エスタブレ効果を生みだした。バディウ効果、ヴェルナン効果、ベッテルハイム効果等々も。ここで上演される芝居は作者のいない芝居である。（…）冗談を言っているのではない。（…）私は言わずもがなのことを言おうとしている。われわれを支配している哲学の状況に、私の声をアテレコしたい」。もちろん、この講演は冗談ではありません。とはいえ、その一つのヴァージョンは、彼の最初の自伝の試みを思い起こさせずにはいません。その自伝『事実』はこうはじまっています。「すべてを塩梅したのは私であるのだから、このまま自己紹介しておこう。私の名前はピエール・ベルジェ。ほんとうではない。これは母方の祖父の名前である。私はアルジェ高原のブーローニュの森にある森番の家で、四歳で生まれた」。講演に戻りましょう。「私同様みなさんも、マキァヴェッリの深い、だが外典めいた言葉を知っているだろう。人間を統べる普遍的法則をこう定義している。言わずもがなのことは、言わないでいたほうがうまくいく」。

私はここでグループ・スピノザに私の声をアテレコしてみたいと思います。彼らは日曜の朝、高等師範学校に秘密裡に集まりました。彼らは偽名を使っていました。すぐにではなかったようですし、全員が使っていたわけでもずっと使っていたわけでもないようですが。ピエール（ルイ・アルチュセール）、ジェラール（アラン・バディウ）、ルネ（エティエンヌ・バリバール）、ジョルジュ（シャルル・ベッテルハイム）、エミール（ポール・ド・ゴドゥマール）、ジャン（ピエール・マシュレー）、ジュリアン（ニコス・プーランザス）、ステファン（ジャン＝ピエール・オジエ）、シモン（ミシェル・ペシュー）、ジャック（ジャン・サヴェアン）、ジョゼフ（アラン・トゼル）、アンリ（クリスチャン・ボードゥロ）、モーリス（エマニュエル・テレー）、シャルル（イヴ・デュルー）、サビーヌもしくはマティウ（エレーヌ）、ラウル（ロジェ・エスタブレ）……ほかにもいました。特定できない人物も。私は、確実に六八年五月以降に書かれたあるページを写しています。舞台は整いました——スピノザとマキァヴェッリ。いくつかはっきりさせておきます。

なぜこのタイトル、「スピノザとグループ・スピノザのあいだ——空虚」なのでしょうか。まずはピエール・マシュレーの回想録的テキストへのオマージュです。「パスカルとスピノザのあいだ——空虚」。『スピノザとともに』という本に再録されています。『ヘーゲルかスピノザか』よりもかなりあとのテキストです。「パスカルは〔スピノザと〕違うことを言ったのだろうか。真空についてどう『感じる』かを語るスピノザにとり、問題は無限を、すなわち延長の不可分割性を定立することにあった。

分割不可能な無限は自然のいかなる物体的部分にも還元できない、と主張することにあった。この無限を充満と呼ぼうが空虚と呼ぼうが、それは結局呼称の問題にすぎず、定式化しようとする推論の内容を左右しない」。そしてつぎに、スピノザに対するアルチュセールの複雑という以上の関係を明らかにするためです。

「グループ・スピノザ」についてはなにを言いましょうか。もっと紹介すべきでしょうか。知っている人には不要でしょう。そうでない人には必要かもしれません。講演のあと、アルチュセールは漠然とした共同計画をスタートさせます。計画はあくまで共同なのですが、同時にいくつかに区切られてもいます。

一九六六年八月。「理論的作業の組織化をまず開始する。それが機能しだしたら、公然と語ることにしよう。ことが実際に歩みはじめたら、公式の組織を発足させる。規約をもち、指導機関、資金、もちろん会員、会費等々をもつ。確かな研究成果は将来の雑誌に掲載する。雑誌は組織の機関誌の役割を果たすだろう」。これ以降、マキァヴェッリ流に状況のもとで考えることが問題になっていきます。

一九六七年七月。「われわれはいくつかのはっきりした手段をもっており、われわれだけがそれをもっている、と見て取れる。この過渡的特権により、われわれだけが空いた席を占めることができる、と見て取れる。マルクス゠レーニン主義理論の席である。より特定すれば、マルクス－レーニン主義哲学の席である」。これが「グループ・スピノザ」の開始点です。

一九六九年一月。「アランの問い、なぜわれわれなのか、に対してはスピノザがすでに答えている。いわく、*habemus enim ideam veram*（われわれは実際、真なる観念をもっている）。なぜわれわれなのか。われわれは真なる観念をもつにいたった――どのような代価を支払ったのだろうか、どのような例外状況がさいわいしたのだろうか――からである。自称毛沢東主義者のなかでわれわれだけが、毛沢東の合言葉を実行に移すことができるからである。すなわち、正しい観念の適用を優先させるべし。ただしこの適用は、毛沢東思想を毛沢東思想に適用するという形式で行われねばならない。それをはずしては、レーニン－毛沢東的意味における適用はなく、たんなる機械的あてはめにしかならない」。

一九六七年一月。「個人的には私はこう考えるほうに強く傾いている。可能なら（威厳をもって）、できるだけ長く党にとどまり、党の内外でできるだけ長く（国内的かつ国際的に聴衆を得て）、長期の理論的役割を果たすべきである。この役割をめぐる状況は毒入りの贈り物だ。（…）私はこの厳しい航海において一人でいたくない」。

このときはまだ「グループ・スピノザ」は登場していません。このスピノザは一人の

「われわれ」（マキァヴェッリとは反対に）ですが、「〜すべきである」「私」同様、その存在は不確かです。

一九六六年一〇月。「きみに判断してもらいたい共同作業計画の目的は、真の哲学的著作の執筆だ。望みうる広がりと体系性をすべてそなえ、それなりの仕方で、かつ遠くから、われわれのエチカたりうるものを書くこと」。エティエンヌ・バリバールに宛てたこの手紙のなかで、アルチュセールは、アラン・バディウ、エティエンヌ・バリバール、イヴ・デュルーに宛てた——やがてミシェル・トールにも送られます——最初の手紙の要点を繰り返しています。しかし計画は異なります。メンバーは選りすぐられ、スピノザの名前は登場しますが、いわばメタファーです。注と図に現れる『エチカ』——とんでもない「エチカ」です——はこんな感じです。しばらくご覧ください。

こんなものが見られます。特異な本質、局所的理論、一般理論、修正、再分類、特異的諸概念のグループ、埋めるべき領域（構成すべき新しい局所的理論）の開拓（明らかにされた空白のなかに）。複数の一般理論（複数の属性）があり、それぞれ複数の局所的理論をまとめています……。「さらに、こうした出現は、もっとも一般的な理論（言い換えれば哲学）の実在を確認し、要請するほかない。哲学とは、実在する諸理論の分節の理論のことでしかない。諸理論が作る状況における分節の理論。ゆえに、広い意味において、あらゆる哲学は政治である。あるいは実践である。エチカである」。

二〇〇二年七月。「哲学を政治的任務の筆頭に来るものとして構想しなおす背後には、政治の観念そのもののより深い変容が潜んでいる。政治は不可能なものとして直接的に体験されている。グループ・スピノザとはおそらく、なにより、否認されたグループ・マキァヴェッリである。問題になっている『スピノザ』はマキァヴェッリ化されたスピノザである」。

二〇一五年六月。今日です。私には分からない。私は正しかったかもしれず、正しくなかったかもしれず、もう分かりません。反対に私が知っているのは、アルチュセールが特異な技術《アート》の持ち主であったことです。概念を演出する技術《アート》、それらを見る技術《アート》、私たちに見せる技術《アート》です。その後有名になる写真を見れば分かります。黒板の前に立つアルチュセールと、黒板に描かれた偶然性唯物論の図式を見るだけでいい。

しかし、親愛なる聴衆のみなさん、もうしばらくお待ちください。アルチュセールとは私にとり、卒中からちょうど二年後、公の場で話すことの再開を印した名前です。すなわち、定かならぬプロセス、絶対にまっすぐとはいかないプロセスにおける一段階の名前です。イタリア文化会館でのエティエンヌ・バリバールとの対話という形式をもった再開でした。準備なしに質問に答えることは私には不可能でした。エティエンヌが私の家に来てくれ、私の応答——応答とは言えない代物でしたが——を一緒に準備してくれました。二〇〇七年一一月一二日、エマニュエル・テレーはアルチュセール／マキァヴェッリについて語りました。エティエンヌはアルチュセール／マキァヴェッリについて語りました。私はなにも理解していませんでした。自分の応答も理解していませんでした。私の発言が聞き取れたかどうかも分かりませんでした。しかし、本質的なことはそこにはなかった。出口のところで警備員が私に近づき、手紙を渡してくれました。「やつらをやっつけろ[*18]」——リセ時代の同級生でした。彼女はすべてを理解していました。

私は今、ピエール・マシュレーの粘り強さに敬意を表したく思っています。アルチュセールの歩みに対する彼の忠実さに対して、です。もちろん、ある種のアルチュセールであり、マシュレーはそのアルチュセールについて私たちを触発しつづけています。すべてに向き合いすべてにあらがい、論戦を厭わず、過剰であることを承知で、私たちに呼びかけつづけている。私が言っているのは、類まれな書物、『恐竜物語』のことです。決定的な本です。罠、暴力、アルチュセールに対する情熱、彼に抗する情熱に満ちています。「私の心を現在もっとも強く打つのは、アルチュセールの歩みの神秘的でいわば形而上学的な一面である。彼の特異性の本質的部分をなす一面だ」。あるいは、リール第三大学のサイトでは、こういう一文を読むことができます。「彼の神は光の神ではない。保証と約束をもたらす神ではない。気鬱、分裂、夜の黒い神であり、あのアンチキリスト、おそらく神即自然であり、彼はそれを形而上学――マルクス主義に与えようとした否定形而上学――の基本原理にした」。私はこの麗しき書物の原理に接近を試みたことがあります。こういうタイトルの論文でした。「ピエールおじさんの麗しき物語」。当時『スピルー』誌に掲載されていた「ポールおじさんの麗しき物語」をもじっています。とはいえ私はつぎの箇所に呆気にとられたままでした。「『ポジション』とはアルチュセールが一九七六年にエディシオン・ソシアル社から刊行した著作のタイトルである。性愛術のマニュアル本ではない」。

＊18　フランス語は《On les aura !》。第一次大戦時の戦時国債募集ポスターで、突撃を命じる将校のイラストに添えられたキャッチ・コピーとして使われ有名になった。もとは、ヴェルダン要塞の防衛で名を挙げたペタン（その後元帥、ナチス占領下では傀儡政権の首班）の言葉とされる。

かなり以前から、私の所蔵文書にはルネ・ディアトキンの困惑させる論文があります。内容ではなく日付が困惑させるのです。一九六四年五月に行われた口頭発表のテキストで、「攻撃性と攻撃幻想」というタイトルで刊行されています。当時ディアトキンはまだアルチュセールの精神分析家ではありませんでしたが、まもなくそうなります。一九六四年一〇月二六日のフランカ宛書簡に言及があります。私が自分の困惑にもかかわらずこのテキストに言及するのは、自分のテキストを注意深く読み返したからです。こうあるのです。「性愛偏執症の研究（…）と、われわれが迫害妄想から今のところ演繹しえたことは、われわれにこう認めるように迫る。積極的なリビドー紐帯が、これらの妄想性病者においては活発であり、そのため、彼らにおいては、嫌悪対象が破壊されるとリビドー喪失として感じられるほどである。リビドー喪失は彼らの自我をやっかいな態勢に置く。われわれには犯罪遂行後の妄想性殺人者の分析経験がまったくない、というのは確かであるが」。書棚に抜き刷りが保存されていた論文のこの箇所に、アルチュセールは下線を引いています。

たぶん興味深いことなのでしょうが、『恐竜物語』の一節――「私はそんなものに興味をもちたくない」――にならって言えば、私は絶対にそんなものに興味をもちたくない！

しかし、ほんとうに終わりにする前に、この無駄話をアレクサンドル・マトゥロンに捧げさせてください。彼は、私が書ける状態になかったとき、『政治と歴史──マキァヴェッリからマルクスまで：高等師範学校講義一九五五‐一九七二』のゲラを校正してくれました。

ぼくたちの発表が終わると、イヴ・デュルーが近づき、ぼくたちに礼を言ってくれた。それだけで、これ以上ない賛辞であった。前年の秋、ぼくはいくつかのアルチュセール記念イベントに参加を求められていたが、辞退していた──むずかしすぎると感じたので。ぼくは疲れていた。すでに心ここにあらずだった。

火曜。リュクレスとダヴィッドの結婚式は滞りなく行われた。一三区の市役所に、ぼくは、ダヴィッドの父親が手入れをした古い車に乗って到着した。家族の習わしである。ぼくは車のなかで、もちろん少し緊張していた（ほかに誰が乗っていたろう。たぶんダヴィッドの母親だろう）。それを隠してもいなかった。しかし、娘を結婚させる父親としては誇らしい気分だった。儀式は完璧だった。誰も輪のそとにはいなかった。新郎新婦は結婚式をすることにこだわった。それをスピーチで語る彼らは、目に見えて感動していた。ぼくはといえば、たびたび難儀していた。立っていなければならない場面があったからである。とはいえ立っていられた。ぼくは踊らなかった——どのみち、ぼくはダンスをやらない。夜にはとても疲れ、椅子にくぎ付けになっていたが、それはたいしたことではなかった。ぼくは務めを果たした。粗相もせずに。今、リュクレスは妊娠している。ぼくはまもなく祖父になる！　ぼくはつまりぼくの二つの義務、二つの挑戦をやりおおせた。

今日の午後はエジプト映画を観た。「クラッシュ」、とてもいい。はじめて地下鉄に一人で乗った。ぼくには事件である。想像もつかなかった出来事である。帰りにカフェに寄って、ビールを飲んだ。うまい。これが生きるということ。生への復帰。とはいえ用心するに越したことはない。今日はこれで打ち止めにしよう。おぼつかないまでも、生きていることをじっくり味わう必要がある。

水曜。精神分析の日である。分析家のところに一四時四五分の約束。遅めの昼食を取り、トイレに行く。いつもの面倒な小便をすませると、まったく気づいていなかったのに、ジーンズが糞まみれになっている。シャツまで汚れている。まるごと着替えなくてはいけなかった。泣きたくなる。まったく予期していなかった。遅刻する危険があったが、運よく待たずにバスに乗れた。ちょうどいい時間である。しかしだめだった。タクシーを使わずバスに乗るのは二度目である。一度目はバス停を間違えた。乗ったバスを降りて反対方向のバス――診察室のすぐ近くまで行く――に乗り換えなくてはいけなかった。それでもなんとか、余裕をもって間に合った。だが今日は、正しいバス停で降りたはずなのに、あるはずの向かいのバス停がない。どこにいるのか分からない。キャロルに電話して助けを求める。だが、また道に迷い、また電話する。完全に遅れてしまった。面談はとても短く終わった。家に戻ると、履き替えたジーンズも濡れていることに気づく。洗濯だ。たった一日にしては盛りだくさんすぎる。誰が身体を知っている？　その力能と無力を。

木曜。来週まで答案が届かないことにたった今気づく。予期せぬ時間ができた。映画に行き、書くことを続けるのにもってこい。自問を再開する。ほんとうの困難、収拾不能の困難がいつはじまったのか、もう分からなくなっている。夏の長期ヴァカンスのあとだったことははっきりしている。かなりあとだった。けれども春の終わりには、精神分析家に見切りをつけていた。彼女は、ほかの分析家をできるだけ早く見つけたほうがいい、と言った。アドヴァイスには従わなかった。だが、彼女は正しかった。九月には、言語療法に通うこともやめた。あそこまで行く力がもうなかったのである。地下鉄に乗ること、乗り換えることが負担になりすぎた。杖のせいではない。

九月には杖をもっていなかった。言語療法をやめたことを後悔している。ちょっとした休憩なのかもしれないが、彼女に会いたいと思う。しかし、一年の休憩はもはや休憩ではない。いつかは……しばしば彼女のことを思う。

杖問題が決定的だったことは間違いない。杖をもって地下鉄に乗れないと悟った、あの恐ろしい瞬間である。もう無理だ、と完全に観念した。しかし今から振り返ると、どうにも理解しがたいところがある。ほんとうに無理だったのか、そう思い込んだだけのか。分からない。しかし最後の試みが恐怖を植え付けたのはたしかで、体験は現実であった。あれ以降、理由が分からないというだけである。ではなぜ、不可能でないかもしれないと理解するのにこれほど時間がかかったのか。秋から昨日まで、地下鉄をかくも愛するぼくが地下鉄に乗っていない。とはいえ地下鉄問題はまだなんとかなる。痛みの山場はまだ訪れていなかった。

痛みが拡がりだすと、痛みのカレンダーを遡ることがむずかしくなる。年越しを型通り——「あけましておめでとう」——キャロルと彼女の親友フランソワーズ——だったと思う——とともに祝った。新しい年は過ぎし年ほどひどくはなかろう、と思ったものの、同時に、もっとひどく、はっきりひどくなるかもしれないとも思った。祝いの言葉には、口にされない裏側がつまっていた。なにをか分からないままなにかを怖がり、心配していた。痛みはいつ現れたのか、大きな痛みが現れたのはいつだったのか。分からない。二月にはあった。一月にはたぶん。最初の瞬間がないのだ。あるときそれはあり、いついかにしてかが分からない。その痛みは許しがたいものとして、長く、何ヶ月も続いた。恒常的にあるわけではないのだが、日常的なものとしてある。痛みのない日は一日とてなかった。どこかが痛い、だがどこだか分からない。腹のようだが腹のどこかは分からない、もう分からない、すべてが混ぜ合わさり、痛みのサイクルは大きくなって時の経過の感覚を失わせる。唯一の指標は仕事である——答案、学年暦、記念日。自分の部屋から居間にいるキャロルに電話をかけることが習慣になった。ふざけてのこともあるが、たいていは悲嘆にくれて。アキュパン[*19]のアンプルをくれないかと頼む。痛みを和らげてくれることもある唯一の薬である。痛みを鎮めるためにしばしば身体を丸める。何度か救急外来に駆け込んだが、そのうちの一回はひどいもので、ぼくの身体は猛り狂って上下の感覚もなく、医者はたいそう難儀して診察した。ボージョン病院の救急外来に行ったときのこともよく覚えている。恐ろしいところだった。待合室は汚水溜めのようで、病院とは思えない。ぼくは叫ん

＊19　処方箋なしに買える鎮痛剤。

でいた。それくらい痛みが激しかった。それでも医者たちはまったくの無関心。ぼくにとっては戦場のワンシーンのようなものであった。二〇一六年二月の戦場シーン。二月二八日、キャロルの誕生日を祝った。ぼくはたくさんのＤＶＤを贈った。いつもの年よりはるかに多かった。しかし、それらを観ることはないだろうという気がはっきりしていた。それほど、ＤＶＤ鑑賞会は厄介になっていた。ぼくは眠ってしまい、目を覚ますと不安の叫びを上げている。

ぼくはボージョン病院に通院している。主治医のジョリ先生はとても有能である。いくつかの検査をするため一〇日間入院した。便秘は確認されたが心配するほどのことはなく、腸閉塞の危険はないという。入院中、身体のある箇所を診てくれと頼んだ（どこだったかは覚えていない。覚えていないことが信じがたく思え、ぼくの強迫観念の一つになってしまった）。ところが医者たちはその箇所の周りを回るだけで、触れようともしない。ぼくの言っていることは妄想的なんだな、と悟る。ＵＦＯのごとき痛点。もう少したって主治医に診察を求めたところ、彼は拒んだ。診察のため裸になるようぼくに求めた医者は一人もいなかったと思う。診てくれ診てくれと求めるのは子どもの特権なのかもしれない。非常識なことなのだろう。だがぼくはこの拒否に怒り狂った。キレた。われを失った。医者というもの、すべての医者に対して憤った。

その間ずっと、仕事は続けていた。長い病気休暇を取ると仕事ができなくなるかもしれない、致命的なことになるかもしれない、と分かっていた。だがある日ぼくは爆発してしまい、一ヶ月の病休を申請した。そして実際、それは黙示録となった。地獄のひと月となった。一例をあげる。ある朝激しい痛みがあり、キャロルとともにヴュルツ診療所に行ったのだが、もらったのは糞の役にも立たないドリプラン[*20]だった。信じがたく思えたが、悲しいかな、まさにドリプランだった。そこでサルペトリエール病院の救急外来に行くことにした。迷ったのだが、その足で行くことにした。もちろん長時間待たされ、若く自信満々で忙しそうにしているインターンに診てもらう。彼女はひとそろいの検査を指示するが、そんなものは役に立たないとぼくはとっくに知っている。一日を棒に振った。検査を受けるには受けたが、結果は否定的、すなわち、とくになにごとも判明せずであった。言うまでもない。どうしてほかの検査ではなくこの一式なのかは知らない。ぼくは五月二七日が近づいていることも知らなかった。

明日、二〇一六年九月二六日、仕事を再開する。答案添削である。期間は決まって

＊20　アキュパンよりも一般的で、子どもの発熱にも用いられる鎮痛解熱剤。

おらず、専門家次第である。ほんとうに専門家がいると仮定しての話だが。今のところ呼び出しは受けていない。自分がどうしたいのか――働きたいのか辞めたいのか――自分でももう分からない。数日前から分からなくなっている。知りたいと思わなくなっている。

月曜、あいかわらず呼び出しはなく、答案も届かない。ただ今一二時三〇分、なにごとも起こらず。ぼくの宿命は今や待つことである。待つこと、ひたすら待つこと。残酷な、巧みでもある一種の刑罰である。外出するか、待つか、映画に行くか、眠るか、イライラするか、爆発するか。賭けはまだ閉じられていない。この不確実な身体についてもまた。ましになっても、ぶり返しを免れるわけではない。平穏は日程に上っていない。

火曜、答案が一枚届く。多くはないが、ぼくにとっては新学期を意味している。二日で一枚とは、負担が減ったということか。数日前からズボンの下のほうが濡れる。毎日替えなくてはいけない。寝小便はしないのだが、同じことだ。悲劇的な事態にはならないものの、イライラする。非常にイライラし、わけが分からないからいっそうイライラする。原因のない結果だ。

水曜。きみにこのテキストを送る。ぼくにはこのテキストが自分以外の人のためになるのか分からない。きみには？　時間をかけてテキストを読んだ結果の長いコメントが届く。とてもおもしろく読んだ。よく書けている。きみの苦しみに対し完璧に無防備な自分を感じて不安になる。だが、きみが証言している生への渇望によって励まされる。

態度が一つであるとき、それに関連させて同じものばかりにかかわっているより、その態度が含む小さな差異と意味に注目したほうがいい。たとえそれが愉快でなくとも、たとえその差異が衰えを示すものであっても。差異が衰えの指標であるのは、二つの項を同一物に関係させる場合だけだ。差異そのものは意味をもたず、強度をもつ。まだ探索されていない新しい次元が開かれたのだ。

客観的に苦しんでいる身体は、客観的に期待されえない現実に自分をなぞらえようとすると、いっそう苦しくなる。

正常でありたいと望む人間が、除去することに満足する――満足するよう求められて――場合、身体は引き止めよう、含み込もうとする。けれども身体に期待する人間は、歩くため、容量を支えにする。除去するか引き止めるか、この身体に適しているのはどちらかを言うことはむずかしい――スピノザと、スピノザ以降ではドゥルーズが言うように。除去を選ばせるのは、休息、やり過ごしだ。身体は期待しつつやり過ごす。

介護する人間の発話における矛盾は、ぼくたちが動揺している矛盾にほかならない。彼らはぼくたちに居所を定めてほしい、選んでほしいと期待している。だが患者の立場の利点は、選ばないことではない。医者と権威ある人物の選択に任せることではない。身体は選んでいる。きみのテキストを読んで分かるが、文字通り糞便で汚すことを選んでいるのは身体だ。残された表現の周辺部の一つを爆発させること、爆発を繰り返すことを、身体が選んでいる。

二人の作家のことが思いだされる。全般化された糞、糞の海に溺れる世界を発見し、書いているという印象を受けたセリーヌとジョナサン・リテル[*21]だ。彼らの書きぶりはとどのつまり凄まじい。糞からなる現実を生き抜こうとする欲望に支えられている。

誰が身体を、その力能を、その無力を知っている？　という問いの回帰が、きみのテキストにずきずきする痛みをもたらしている。力能と無力とはなんのことか、明確にはされない。力能とは身体がなしうることなのだろうか。種としての普通の身体なのか、なんらかの点で普通以上のことができるアスリート的身体なのか。正常な能力の欠損、本源的機能のコントロール欠如？　糞便の過剰生産は力能、それとも無力？　無力とは予定通りの穴に糞便を導くことの困難？　力能とは量、反復、排便エネルギーへの服従？

新しい流れが脅威となる。答案の流れだ。紙と労働からなる別の反復、別の糞便。別の肛門事象。

電動車椅子、杖、歩行、前進、地下鉄の出口。筆はつねにまっすぐ、速いテンポで前進する。歪んだ身体は明晰に問いを提出し、それは破壊的ではなく、たんに問いかけるのみ。どんな介助を提供するか、どんなコミュニケーションを提案するか、どんな教訓を引き出すか。これはアルトーの叫びのように、一つの生成をもつのだろうか。歪んだ身体を生きる別の仕方を繰り広げるのだろうか。

二八ページまで来た。「もはや書けなかった男」の文章はみごとだ。杖を落とさないときみが発見するところを読んで笑った。ルモンド紙の車椅子の広告の読解も。

＊21　ゴンクール賞とアカデミー・フランセーズ賞をダブル受賞した『慈しみの女神たち――あるナチ親衛隊将校の回想』（二〇〇六年）が二〇一一年に邦訳刊行（集英社）されている。

九月三〇日金曜。理学療法に行くのをあやうく忘れるところだった。そのため昼食を取らずに出るはめになった。はじめてのことである。もちろん杖をついて。だが帰りは事件だった。杖をもっているのだが、使っていない。無用のものであるかのように。自問する。これは進歩のしるしか？　それとも最初から要らなかったということか？　どうしてこんな問いが思い浮かぶのか。とはいえ自問に不安はともなっていない。どこか縁遠い感覚があり、それが気持ち悪い。もしかしたら杖問題はまったくの空想だったのかもしれない。こういう言い方も正確でないかもしれないが、それもどうでもいい感じがする。といって杖を手放すにいたってはおらず、ただ、この問いを忘れることはもうないだろう。

日曜。昨日のブラジル映画「アクエリアス」はよかった。杖がなければ家に帰るのに難儀したろう。

水曜。ぼくの身体は荒れ狂っている。昨夜はＤＶＤを観たのだが、途中で小便がしたくなってトイレに行くと、驚いたことに、オムツが糞でいっぱい。さいわい、なかにとどまっていた。今朝は朝食のあと、いつもどおりトイレに行くと、糞の台風が吹き荒れ、いたるところに。もう乗り越えたと思っていた習慣に逆戻りである。すべて洗い流さなくてはいけなかった。昼食後にも同じシナリオが繰り返されるが、少しまし。知らないうちにズボンが糞でいっぱいになり、オムツを越えて外側に溢れていた。替えなくてはいけないので座って脱ごうとすると、ベッドカバーを汚してしまい、それまで替えなくてはいけなかった。たまらない気分だった。身体にうんざりさせられた。あの忌むべき習慣に舞い戻ってなるものか。

木曜。あらたに糞の波。とはいえルールの枠内に収まる。すなわち便槽のなかに。立ったままで身体を緊張させる。はみ出さなかった。はじめてだった。これが続けば、浴槽で排便することもやめられるかもしれない。とにかくより清潔であるし、緊張の高まりを避けられるし、なにより、浴槽を詰まらせる——二度あった——のを避けられる。詰まるとラバーカップを使わなくてはならず、一度目はうまくいったのだが、二度目はたいへんだった。たいへんどころではなく、ホラーだった。

金曜。正しく糞をするやり方を学びなおしつつある感じがする。これが続いてくれればいいのだが。今日はたぶん昨日と似た日になるだろう。映画に行くかもしれない。今のところ答案は届かない。大学本部とのややこしい話は解決しておらず、専門家はあいかわらず登場せず、なんの知らせもない——これは不安材料である。CNEDからこんなメールが来た。「お知らせさせていただきます。大学本部からあなたの負担を減らすよう命じる文書をまだ受け取っておりません」。まったくもって常軌を逸している。あいつらはなにをしてるんだ？　答案をめぐるカフカ的世界。

土曜。きみにこのテキストを送る。ぼくにはこのテキストが自分以外の人のためになるのか分からない。きみには？　ようやく返事する。そう、返事ができるはずだと思う。きみが書いたものは恐ろしい力をもっていて、即座にぼくをばらばらにし、とある場所（なんと呼べばいいのか）に放り出した。そこでは、きみが立てる問いがいろんな調子で繰り返される。いくつかのフレーズ——たとえば「生《なま》の苦しみはほとんど語られたことがない。あるいはいつも事後的に語られる」——が何度も聞こえてくる。雑然として悲惨な深みから、魅力的で予期せぬユーモアを湛えたり、たんに美しかったりする高み（ぼくの知らない海岸で水遊びする場面、ぼくの知らないリュクレスの結婚式へ列席する場面、ジュディット、ジョナス、キャロルを思いださせてくれる数々の場面——一度しか会ったことがないのに、彼らの優しさはぼくには甘美な思い出）へと移行する様子が聞き取れる。

テキストがぼくにとってもつ「益」を言えるはず、と言った。

「はず」と言った。

けれども、言おうとすると、テキストの力がぼくに息切れを起こさせる。

したがって、きみの問いに答えるには、いくつかの文章の効果に慣れる必要がありそうだ（しかし、慣れるのだろうか）。きみには書き続けることがおそらく必要だ。きみはこれが下書きだと言っていた。けれども、答えることはむずかしくもある。きみはぼくの友だちであるし、語られる生《なま》の苦しみはあまりに鋭利だ。

もう少し時間をほしい。


一〇月一三日木曜。二、三日前から身体の振る舞いがおかしい。警告信号も恐怖も絶望的不安もないけれども、平穏もない。身体が一日たりとも忘れてほしくないと欲している。目に見える原因もなしにズボンが濡れている。歩いたところを端から汚していかないよう、着替えなくてはいけない。もちろんそれはたいしたことではないのだが、平穏を得るには適当でない。同種の問題がほかにもある。朝、ジーンズのボタンをはめることができても、日中は、立ったままボタンをはめることがはるかにむずかしい。しばしば、できない。横にならないとできない。家ではそれでもいいのだが、そとに出るとやっかいだろう。映画館を出るときたいていトイレに行くので、ボタンをはめる動作ができなくなる日が怖い。そのときどうすればいい？

水曜。一週間目にしてようやくズボンを濡らさなかった。大丈夫そうだという予兆はなかった。習慣はすぐに変わる。もっとも不快な習慣でさえ。しかし一日はまだ終わっておらず、まだ一六時でしかない。まだなにが起きてもおかしくないけれども、ぼくはオプティミストである。もう外出したし、不快なことはたいてい外出時に起きる。用心深くいよう。祝砲は鳴らさないほうがいい（おかしな動詞だ。こんなふうに綴る〔fanfaronner〕のか。想像もつかない）。

　木曜、またはじまった。しかし今日——金曜——はない。長時間外出したけれども——まず理学療法、それから映画。ボクシング界についてのフィンランド映画で、なかなかよかった。答案が届いていないかとビクビクして帰ったが、結局来なかった。昨日は一枚、今日はなし。ＣＮＥＤでなにが起きている？　どうも迷走している気配である。学生たちはこの機関が動いていないことに気づきはじめているだろう。

　土曜。オムツをはずすことにした。様子を見るため今日一日だけ。オムツは役に立たないばかりか有害だという気がしてきた。失禁したとき濡れたままになるので。目下のところ、失禁しないほうに賭けている。もうすぐ出かけるので、結果は判明するだろう。未来は明るいか暗いかの賭けである。夜に報告する。ブリーフだけを履いて出かける。なんという冒険！　映画から戻る。賭けに勝った。一滴もズボンに漏らしていない。だが帰宅中ずっと、濡らしてしまったに違いないと思っていた。普段は、乾いていると思って漏らしているから、逆の印象である。この結果が確かなら、カオスに対する大きな勝利であろう。しかし一度は一度にすぎず、まだ確認が必要だろう。日曜。すべてがダメだ。目覚めは散々たるありさまだった。目が覚めて立ち上がるや、小便が噴き出す。シーツ、マット、すべてがびしょ濡れになり、すべてを洗濯して乾かさなくてはいけなかった。モラルの問題として、少なくとも夜間はオムツをしなくてはいけないだろう。勝利は敗北に変わった。

一一月四日金曜。久しぶりに書く。とはいえ好調だったわけではない。カタストロフも台風もなかったが、身体の不調は数多あり、身体は忘れてもらいたがっていない。毎日数度ズボンを濡らし、とくに、下腹部に恒常的に圧迫感がある。それが移動を不快にする。アパートのなかでもそとでも。腹が下品にごろごろ鳴って、涎のようなものが不意を突いて出る。風邪などひいていないのに、くしゃみが出る。こうしたことのすべてが歩行を困難にする。もう全身麻痺を恐れていないが、移動がたどたどしい。ズボンのはずしたボタンをはめることはあいかわらずむずかしい。昨日、映画館で、もう二度とボタンをはめられないような気がした。五分以上もボタンに費やした。操作の単純さからすればとんでもない時間である。もうなにごとも単純ではない。もうなにも単純にはいかないだろう。とはいえ、家以外で小便しないわけにはいかない。

映画に行けば、終わって出るときには小便する必要がある。昨日はたくさん出た。この操作が不可能になる日が怖い。そのときどうする？　食欲とは縁遠い場所で横になるのか？

　二日前から、すなわち一一月一〇日から、ぼくはおじいちゃんである。リュクレスとその夫ダヴィッドに息子ヴィヴィアンが生まれた。予定日よりほぼ一週間遅れた。リュクレスはひと月も早産だったのに。昨日ヴィヴィアンに会った。すばらしい。産院から車で帰ってくると、靴の片方が見つからない。片方だけ失くすなんてことがありえるのか？　先週はエレベーターで転んだ。エレベーターは上り、ぼくは下った〔転んだ〕。落ちるときに靴が片方脱げてしまったが、通りすがりの人が拾ってくれた。同じ靴だったかどうかは覚えていない。だがもういい。少なくとも一足はある。ぼくにはもう靴が一足しかない。

　一二月一七日土曜。今夜クリスマスを祝うことになっている。一週間早いクリスマスを両親の家で祝う。ぼくの弟と妹たちも子ども連れでやってくる。もうずいぶん前からの習慣である。クリスマス休暇初日の習慣。ポリティカル・コレクトネスによって冬休みと呼ばれるようになっているが、ぼくはあいかわらずクリスマス休暇と言っている。そのほうがかわいい。両親の健康状態からして、この儀式を若干恐れている。

まだ意味があるのか。しばらく書いていない——一ヶ月以上。答案が届くリズムは早くなっている。もうなにも言う気になれない。

二〇一〇年一〇月一日。卒中後に口頭発表されたテキスト。ある人に出会い、彼に言う。知り合いでしたっけ？　ぼくはフランソワ、こちらがキャロル。忘れられない日になった。最初の発表である。

アルチュセール、「風変わりなやつ」、風変わりな書棚？　はじめる前に、この発表にかかわる事情を二点ばかりお話しさせてください。フィリップ・アルチエールがアルチュセールの蔵書について話さないかと私に提案してくれたとき、私の最初の反応は身震いでした。脳障害を患い弱った人間が、そんなところへの参加を検討していいのか？　人前で話すことは今なお過酷な課題です。私は自分の母語を数時間「忘れて」いました。あれからほぼ五年経っても、母語の使用はまだおぼつかない。けれども、現状を測るためにだけでも、試みてもいいのでは？　ほかでもない蔵書がテーマだからです。すなわち記憶と忘却。アルチュセールの書簡は忘却への言及に満ちています。「文字通りの」忘却、「現実である」忘却、あるいは他の種類の忘却もあります。友人のクレールに宛てた一九五六年一二月の手紙に、アルチュセールはこう書いています。

「ぼくは規則正しく仕事している。おかしな仕事だ。その中身は、自分がすでに書いたことを再発見することにある。自分がなにをしてきたのかを知ることに」。

すぐにヨシと一緒に発表するというアイデアが浮かびました。私には分かっていました。彼は私の言葉の欠落を埋め、なおかつほかの言葉を紡ぎだしてくれるだろう。私たちはつぎのようなアイデアを出発点にしました。「風変わりなやつ typapart」——一語で書きます（『未来は長く続く』において用いられた表現です）——の書棚は風変わりな書棚にちがいなかろう。仮説であるというより、はじめるためだけのちょっとした内部向けアイコンタクトにすぎません。とはいえ、私たちの直感は根拠のないものではありませんでした。しかし、その理由は予想とはかなり異なっていることがやがて分かってきます。

アルチュセールの蔵書との最初の出会いは一九九三年のことです。ヤン・ムーリエ・ブータンが一緒でした。ムラン市にあった巨大な地下室、正確にはキノコ栽培所です。そこには多くの出版社からＩＭＥＣに預けられた書物が保管されていました。巨大な地下迷宮のなかで、アルチュセールの棚は小さいけれども貴重な一画のように見えました。通行人は自由にそこを歩くことができる。目録はありません。私たちは私たちの好きなように本を移動させることもできました。その蔵書スペースは私たち自身の書棚のようでした。私たちは賢者の石を捜索していました。アルチュセールの高等研究学位の論文です。それは彼の友人ジャック・マルタンの論文の隣に見つかりました。その日は吉日となりました。私たちはある種の乱雑さにも目を引かれたのですが、秩序の観念はすぐれて相対的ですし、本が並ぶ順序はそのとき私たちの問題ではありませんでした。たしかその一年後、私はその場所を再訪することになるのですが、それはより退屈な仕事のためです。本をすべて開いて、そこに挟み込まれている、アルチュセールが取ったノートを抜き出す仕事です。それらのノートは現在、研究者に公開されています。「アルチュセール文庫」の目録に入っています。

二〇一〇年一月一〇日。フィリップ・アルチエールの提案を受け入れたものの、さてどうするか。誰かが蔵書についてシステマティックに仕事をしていたことを、ぼんやりと覚えていました。ＩＭＥＣに問い合わせてみると、その仕事は私の期待を超えるものでした。貴重なファイルを受け取ったのです。アルチュセールの蔵書に含まれる本と冊子のリストです。少なくとも、カーン市のアルデンヌ修道院に保管されているぶんについては、リスト化されていました。しかもリストだけではありません。それらの本がアルチュセールによってどれくらい精読されたか分かるような注記がある。

本の著者がアルチュセールに贈本したときの献辞も分かる。たとえばラカンの『エクリ』には、こんな献辞があります。「親愛なるアルチュセール、私たちはこれで同じ荷馬車に積まれましたね！　それでも、ルートは私たちが選んだものです（チャンスはまだある！）」。あなたの……」。フーコーの本、たとえば『狂気の歴史』にはこう読めます。「アルチュセールに。あなたは師にしてパイオニアだったし、今でもそうです。感謝と尊敬を込めて、ＭＦ」。『臨床医学の誕生』にはこうあります。「私に読むことと見ることを教えてくれたアルチュセールに、この生まれつつある視線による読解を送ります。友情を込めて。ＭＦ」。ほんの二例です。

『資本論を読む』の序文（一九六五年六月の日付があります）を書いていたとき、アルチュセールは『臨床医学の誕生』の献辞を覚えていたでしょうか。かつて『狂気の歴史』の序文に非常に刺激された彼は。そしてフーコーは、自分がその初版序文を以降の版から抜いたとき、自分のこの献辞を覚えていたでしょうか。おそらく、『資本論を読む』をほとんど評価しなかった彼は。

私たちはこのファイルを眺めて驚きました。リストの筆頭には『グレン・グールドに捧げる最後のピューリタン』、最後には一九六三年に刊行されたアンドレイ・スタヴァールの『マルクス主義雑感』。たぶん偶然こそこうした配列の原因なのでしょうが、だとすれば偶然はしばしば奇妙な驚きを用意してくれます。

しかしこの発表を組み立てるため、私たちはもっと前に遡らなくてはなりませんでした。アルチュセールの書棚がまだ彼の居室にあったころに、です。彼は高等師範学校の一室に長年暮らしていました。そのころに遡るため、カーンへの旅を準備しなければなりませんでした。どの本を調べるか、そしてそれらをどうするか。リスト内のヴァーチャル旅行は数週間おあずけです。

アルチュセールの書棚の歴史を再構成することは、もちろん不可能です。反対に、いくつかの興味深い要素を介在させることはできます。六〇年代のなかごろ、アルチュセールは家を買いました。しかし複数の証言によれば、その家に書棚はなく、アルチュセールはヴァカンスのたびごとに、必要とする本を運んでいたようです。さらに、ヤン・ムーリエ・ブータンによれば、アルチュセールは一〇〇冊から二〇〇冊の本を師範学校の図書館に寄付していました。そのほかにも師範学校に寄付した本があったかもしれませんが、それを知ることは困難です。

一九八〇年一一月の妻エレーヌ殺害事件のあと、アルチュセールは師範学校を去り、二度と戻ってくることはありませんでした。近しい人間の何人かが引っ越し作業を引き受けました。ことのほかつらい引っ越しでした。学校側が「事件」の最後の痕跡をできるだけ早く消し去りたがったからです。書棚にかんしては、本と雑誌は仕分けられることなく自宅に移されました。とはいえ彼はある友人に、研究室にある無数のポルノ雑誌を密かに処分してくれるよう依頼しました。この欠落が喪失でないとは言い切れません。しかし回復は不可能に思われます。蔵書は、アルチュセールがユルム通りでそれらを配置していた順番を極力守って移されました。とはいえそれを実行することは容易ではなく、また偶然の諸条件にも左右され、蔵書の「最終」分類は不利な「状況」の不確実性に多くを負っているはずです。

私がカーンに旅するときが来ました。快適かつ生産的な三日間でした。必要な本をすべて調べることができた。私はアルチュセールの書棚にも「訪れ visiter」ました。この動詞をここで使うのは正しいのでしょうか。私はムランで、自分の運命を待っている蔵書を見ました。つまり不安定な状態にあり、棚の上にまるで無造作に並べられていた。現在では、書棚はあらゆる危険を避けて電子ファイルに入れられ、書物の現物は段ボールに保管されています——置き場がないのです。

最後の展開。帰るころになって納得しました。書棚のこういうヴァーチャル化はあらたな無秩序のようなものを生み出している。無秩序が生まれた理由は私には分かりません。当時はまだ書棚の写真をきちんと撮ることがされておらず、撮っていればこういう不都合も防げたでしょう。しかし、それが分かって悲しくなるということもなく、私は発見を楽しんでいました。それも理由は分かりません。

しかし九月になり、コロキウムが近づいてくると、ファイルについて「仕事をする」段階に入ります。およそ五万五〇〇〇冊の本と冊子はかなり少ないと言わねばなりません。しかし忘れてならないのは、アルチュセールは住み処に第二の書棚をもっていたという点です。高等師範学校の図書館です。彼はそこから多くの書物を借りていた。どの書物かを知ることはできません。

アルチュセールの蔵書のなかに文学が占める割合はとても小さい。それはかなり驚くべきことです。彼はとても教養ゆたかで、小説の愛好者でした。しかし彼はつねに高等師範学校に住んでいたわけではありませんし、誰しもどこかで生まれ、どこかで育つほかありません。

一つ確かなことがあります。哲学（語の古典的意味における哲学です）は、重要な役を演じていたにしても、主役であったとはとうてい言えない。アルチュセールは、私は知ったことを忘れると言いたがるばかりか、自分が純粋かつ単純に無知であると主張していました。蔵書全体が明らかに反対のことを示しています。逆に、彼の書棚にはなんらかの著者や哲学教義にかんする研究書はあまり含まれていません。アルチュセールはいつも、自分は誰の専門家でもないと言っていました。彼のモンテスキュー論はこんなふうにはじまっています。「私はモンテスキューについて新しいことをなにも言うつもりはない」。「マキァヴェッリとわれわれ」の冒頭も実質的に同じことを言っています。アルチュセールのほんとうの情熱は政治に向けられていた。政治哲学と政治そのものの両方です。彼にとって、「政治をする」とはフランス共産党員として活動することでした。やがて国際共産主義運動の分裂によって特徴づけられていく時代です。マルクス、レーニン、毛沢東の本の数は相当なものです（ほかのマルクス主義著作家の本より少ないのですが）。「状況」にまつわる本の数も同様に膨大です。しかし、アルチュセールの読者には、それを知るため彼の書棚を探索する必要はありません。一九六七年のフランカ宛書簡を引いておけば充分でしょう。「ぼくは残念な気持ちで確信している。ぼくは哲学者ではない……哲学における政治的アジテーターだ」。

アルチュセールの仕事の仕方を理解するうえでより興味深いのは、書棚に保管された雑誌の数だと思います。欠号はあってもほぼ揃っている雑誌がいくつもあり、それらはだいたい雑誌ごとにまとめられている。なにかの論文を調べようとするとき、アルチュセールはさほど苦労せずにそれを見つけられたはずです。逆に、『ヨーロッパの茸』という本を探そうとすれば、はるかに苦労したはずです。その本は『マルクス=レーニン主義手帖』の各号のあいだに挟まっていましたから。

哲学雑誌は、いちばん種類が豊富というわけではありませんが、それなりにあります。たとえば『ヘーゲル研究』や『形而上学と道徳』を、アルチュセールはよく読んでいました。同時代の論壇を形成した雑誌も数多く見られます。『レ・タン・モデルヌ』その他です。精神分析関連の雑誌も目を引きます。そしてとくに注目すべきは、フランスとイタリアの共産主義運動に関連した政治誌の数々です。『社会主義か野蛮か』といった「路線」誌もありますが、数ははるかに少ない。アルチュセールの書棚を少し離れたところから眺めたとき、もっとも数が多いのはこうした政治誌です。明らかに、アルチュセールは雑誌の人でした。彼にとってはそれが同時代の人間でいるやり方でした。世界と同調し、孤独でなくいるやり方でした。

最後に、おそらくもっとも興味深い点に戻りましょう。ご紹介したファイルからも読み取れる点です。本のなかには、読まれたうえに「書き込み」されたものがあるのです。ファイルでは「全体に書き込みあり」などと注記されています。全体に書き込みがあるのは、フーコーの全著作、マルクスやレーニンの多くの著作、カント、スピノザ、パスカル、マキァヴェッリ、プラトン、アリストテレスなどの何冊かの著作です。レイモン・アロンやヴァルデック・ロシェとロジェ・ガロディ、ジダーノフの著作にも全体に書き込みがあります。けれどもこうした著作の数は多くない。ファイルによれば二〇〇冊以下です。逆に、ファイルの注記によれば、部分的に読まれた本の数は非常に多い。「少し書き込みあり」、「イントロに書き込みあり」、「おもに第一巻にわずかに書き込みあり」といった具合です。『未来は長く続く』のなかで、アルチュセールは自分の仕事の方法を「哲学的キャロット」と記しています。思考のなかに深くゾンデを差し込むのです。もちろん、アルチュセールの言うことをそのまま信じる必要はまったくないでしょう。それでも書棚の探索は、この主張を裏付けてくれているかもしれません。

一二月二〇日火曜。年の終わりが近づいている。このテキストも終わりにすべきときだ。ぼくはこのテキストを何人かの友人に送り、彼らからの返事に心を動かされて書き続けてきた。子どもたちや兄弟姉妹にも送った。彼らの返事は非常に異なっていた。返事は、なかったのである。口頭での返事はいくつかあった。そのうちの一つは、読んだ内容に動転し、一言でこう告げるものだった。ほんとうに信じられない。しかし書かれた返事はまったくなかった。ぼくはそれらもこのテキストに織り込むつもりで待っていたのに。とはいえ家族は友人ではない。友人の身体は家族の身体ではない。土曜の夜にはクリスマスをキャロル、子どもたち、そしてぼくを祖父にしてくれた赤子のヴィヴィアンと祝うことになっている。その翌週は新年の祝いだ。新しい年が、災禍であった前年よりましになる可能性も少しはある。しかし確たるものはなにもない。死が徘徊している。ぼくの両親とキャロルの両親は年老いて、容体もあまりよくない。世界の状態も災禍であるかもしれない。大統領選は言うにおよばず、そのほかのことはなお言うまでもない。だがぼくは、なにはともあれ、よくなっている。あと二週間だけ書いてそれで終わりにしよう。誰が身体を知っている？　その力能と無力を。この問いは今でも当を得ている。二、三週間前のことだったか、身体が漂流しているエピソードをまた一つ得た。もっとも古くからの友人数人とレストランから戻ってきたときのことである。会食は心地よく、ぼくたちは壮大な無駄話に興じた。帰るなり、あたりまえのようにトイレに入った。だがあたりまえとはいかなかった。ぼくのオムツは糞まみれだった。ぼくがちょっとでもなにかすれば、事態は悪化するだけに違いないありさまだった。さいわい、キャロルが家にいた。まるごと始末するために袋をもってきてくれた。性器にも少し糞が付いていた。シャワーを浴びて寝た。久方ぶりに不快を味わった。以来、ぼくの身体は忘れられることを拒んでいる。いっときも放置されたくなく、いっときも忘れられたくないらしい。それでもぼくはもう緊急事態に陥ることがない。不安にも。車椅子問題はもう遠ざかっている。ぶり返すかもしれないが。目下のところ、映画生活を堪能している。ほとんど毎日だ。ある種の正常さは確立された。

一二月三〇日金曜。決めた。六二歳の誕生日に引退する。八月五日である。それでCNEDとはおさらば。シュールレアリスム的メールにノスタルジーを覚えるようになるかもしれない。もうあの快楽は味わえない。何度も大笑いさせてもらった。だがなにも失わないというわけにもいかない。

分析的会計の導入計画は二〇一二年一〇月からはじまりました。それは事務局、とくに事務長、内部監査と管理運営の責任部局（DAICG）、資材と資金の責任部局（DMF）に直接関係するものですが、会計法人と情報システム部局にもかかわります。それぞれの部局は当該計画の指導委員会から責任者を指名しました。計画の必要性に応じて、教員管理とサイト管理の部局全体から選ばれた専門家が、計画遂行に加わることになります。

本日、分析的会計の実施結果が報告されました。これまでに、AGPSが七月二三日に代表に、九月九日に拡大Codirに、一〇月七日に管理・財政部門代表（CSAF）と管理・財政責任者（RAF）に、それぞれ提出されています。分析的会計は意思決定の明確化を可能にする諸要素を提供するはずであり、それらは管理にかんする対話の実行と日常的な研修方法の開発にも役立つはずです。DAICGは、計画の第一段階にさまざまなかたちで参加してくれた方々全員に謝意を表します。

持続的な改善を目指し、DAICGはCSAF、RAF、DMF、会計法人、SG／DRHとともに実務会議を組織してきました。そこではいくつかのテーマが取り上げられました。分析的会計の結果、SimbaとAGPSを分析し報告するツール、内部管理、施設改修プロセスの工程などです。

こうした意見交換の場に参加くださったみなさまに感謝申し上げます。意見交換は学ぶところの大きいものでした。新たな実務会議は事務長とDAICGにより定期的に招集される予定です。サイト管理と教員管理の両方にかかわる財政問題について議論することになります。

一二月三一日土曜。今日テキストを終えるつもりだった。シャンパンの盃で新年を祝う前に。だが来週、一週間入院することになった。神経科の総合検査のためである。帰宅を待って筆を置くことにしたい。一週間お待ちください、読者様。この入院は一年前の診察に端を発している。ぼくの状態が悪化しはじめたころである。ところがその後、音沙汰なし。空砲だったかと思っていた。一年後、そうではなかったわけである。そう、一年後なのである。ぼくがこの入院の呼び出し状を受け取ったのは。なにも判明すまいと思いつつ行くことにする。この一年、ぼくの暮らしには多くのことが起きた。まずひどい悪化、つぎにかなりの改善。どうしていまさら入院する？　ばかばかしいと思わずにいられない。病院のスピードは患者の状態とは同調しない。いまさら行きたくない。労役に行くようなものだ。

一月七日土曜。退院した。恐れていたとおりだった。入院は無駄だった。新しいことは新しい薬だけ。それも、ぼくはまだ服用するかどうか決めていない。注意書きには矛盾するようなことがたくさん書かれている。精神科医と相談して決めよう。病院ではシュテファン・ツヴァイクの『心の焦燥』を読みはじめた。「黄金天使」という名前の薬屋が出てくる。ぼくには去年の夏滞在した「守護天使」を連想させる。面白い一致である。小説のある箇所でツヴァイクは奇妙な不安について語っている。

ぼくは、不安な奇妙をもって終わりとする。

二〇一七年六月 - 七月。終えたつもりだったが、出版をめぐる偶発事が、書き続けるよう促している。テキストをほんとうに、ほうとうのほんとうに、終えるためである。二〇一六年六月 - 七月の入院のあと、ぼくは一連の向精神薬を処方された。何週間かしてそれらは効き、今でも服用している。しばらく前に気づいたが、ぼくはインポになっている。最初はどうでもよかった。状態が全般的に改善されていたので。だがしばらくすると、このインポ状態のことが頭を離れなくなった。薬の注意書きを注意深く読んで気づいたが、副作用の一つに、患者をインポにするとある。精神科医の意見も聞いて服用をやめた。一週間経つとインポでなくなった。またしても恒常的に勃起している。だが卒中の直後とは異なり、勃起は、ほんの二、三日を除けば、快楽の源ではなくなった。さらに、ほとんど即座に、ぼくはまた自分に糞をひっかけるようになった。だから一抹の寂しさとともに薬の服用を再開した。しかたなかった。精神科医が言うには、再開して副作用の低減を待ちましょう。理屈のうえでは、この副作用がなくて同じ効果のある別の薬を処方してもいいけれども。とにかく、この薬をもってヴァカンスに行くことにする。今日は二〇一七年七月二一日で、明日またヴィセルに出発する。とはいえ今回は杖なしで。数ヶ月杖なしで過ごしている。

ヴィセルに来て三週間経つ。今のところうまくいっている。いくつかおかしなことがあったが、重大なことはなにもない。二日前から便通がまた不規則になりはじめているが、去年のようなことはなく、トイレでしている。今日は娘のジュディットが来る。あと数日で家族が揃う。この便通の不便さえ早くなくなってくれたら。明日からの日々がどうなるのかまた分からなくなっている。また神経質に不安になっている。なにが起きるか分からないという苦しい予感がある。あのクリニックには戻りたくない。パリに帰るにはまだ二週間以上あり、なにが起きてもおかしくない。

八月二二日。あと数日でパリに帰るだろう。ぼくの状態は安定していると言っていいのかもしれない。慎重にも慎重に、ぼくは自分の状態がけっして安定しないだろうと予感している。新しい問題が現れている。ここ何週間か睡眠がおかしい。とても早く、というか真夜中に目が覚めてしまい、もう一度眠るために薬を飲んでいる。新しい問題である。五週間のヴァカンスで疲れた。とても疲れた。

終わりにふさわしい終わり方をしたかった。このテキストははじまりをもっているが、そのはじまりは後からそれをはじまりにしたもので、実際の書きはじめはテキストのどまんなかあたり、ひどい鬱のさなかだった。これである——「きみたちはどう思う？　ぼくは明日、歩けるようになっているだろうか。ぼくのほうはやや悲観的だ。できればぼくが間違っていてほしい。これがリフレインされる。多くのヴァリエーションをもって」。この終わりは終わりではない。途切れないプロセスのなかのいっときだろう。とはいえとにかく終えなければならない。これもまた生々しい現実。だからこれで終わり、これは終わりではない。

あとがき

市田良彦

「おれたちはレインマンとそのやくざな弟なのか」。あるコロキウム終了後の打ち上げパーティの席で、ぼくたちを避ける視線に気がついて、ぼくは心中そうつぶやいた。二人の名前で行った発表をとおして、みなはすでに知っていた。ダスティン・ホフマンにちょっと似た顔をしたフランソワ・マトゥロンは発話と歩行が困難で、ぼくは大学的な哲学にたいして不作法なのか、それとも頭のいかれた資料マニアなのかと思わせるところをもっている。ぼくの顔がヨーロッパ人にトム・クルーズを思わせることはよもやあるまいが。とにかく、ぼくたちはその席で、映画のなかの兄弟たちのように周囲から浮いていた。障碍者とアジア人のコンビであるぼくたち、一つの発表に統合されているとは言えない一つの発表をしたぼくたちに、いったい誰が気軽に声をかけられるだろう。二〇一〇年のことである。フランソワの卒中から五年経っていた。

ぼくたちが二人で公衆の前でしゃべった最初のイベントだった。

とはいえ、コロキウムとパーティの空気からぼくたちが少しずれたところにいることに、ぼくはむしろ誇らしい気分だった。というのも、そんな立ち位置こそ、ぼくたちが以前、当時はまだそれぞれ別にであったが、「理論的」レベルで作り出そうとしたものだったからである。ルイ・アルチュセールの死から五年後の一九九五年、彼の名前をめぐる当時の論壇状況のなかに、である。自分の過去の仕事を自分の手で葬ったかに見えるこの哲学者について、いったいなにを語ることができるのだろう。「今日アルチュセールを読む」という一九九五年のコロキウムのタイトルは、一つの意志を高々と表明していた。われわれはこの哲学者をかつてのようには読まない。彼が自分の著作の刊行を細心の注意を払ってコントロールしていた年月のようには、読まない。そうした年月において彼がもっていた国際的知名度と、彼が一九八〇年に引き起こしたスキャンダル（妻殺し）のおかげで、「今日」というたった一言に込められた意志は、ぼくの目には野心的という以上にドン・キホーテ的なものと映っていた。「自国において、この男の名前と彼が書いたものの意味は、今日、完全な抑圧対象になっています。それらはほとんどタブーです」、とエティエンヌ・バリバールは一九八八年に書いている。実際、発表を準備するため、ぼくはひと月以上のあいだ自分に言い聞かせ続けた。ラ・マンチャの男になれ。「ＩＭＥＣのアルチュセール文庫ですごした三年、すでにそうだったではないか。ならばあと一歩の努力だ！」。ぼくは確実に取りつかれていた。そんな八月か九月のある日、ぼくは予期せぬ電話を受け取った。フランソワからである。彼にはフランス語を直してもらうために発表原稿を渡してあった。「明晰だ！　明日会えないか？　ぼくのほうは完全に行き詰っている」。ＩＭＥＣのあったリール通りのカフェで、翌日、彼に面と向かってなにを言ったのか、ぼくはもうよく覚えていない。だがあのときなにを思ったかははっきり覚えている。「ぼくは一人ではない。コロキウムでは、砂漠で説教するはめにならないですむ！」。

そのときどきの状況的必然に導かれて身を置くことになった場所で同じようにずれていた二つの立ち位置は、もちろん、それぞれの外側を異にする。一九九五年の外側が、すべてルイ・アルチュセールという名前を対象とする周知の、もしくは名前のない言説に満たされていたとすると、二〇一〇年の外側を満たしていたのは他人の現実的な視線である。タブーは終わっていたが、代わりに席を占めたのは、ほぼ完全な忘却だった。二つの時間のあいだに、フランソワを襲い、ぼくたちの関係をとりわけぼくの側ですっかり変えてしまった脳卒中がある。二つの時間のあいだには、連続性と不連続性がある。連続性――ぼくたちはずっと「今を共有しない人」である。課されてしまったのか、それともぼくたちが選んだのかする立ち位置を、ぼくはそう呼びたい。ただしこの語は、バリバールがかつての師にして友について語った言葉から借用している。「彼は正統派マルクス主義とは反対方向に進み、なおかつ反マルクス主義の正統派と呼ぶべきものの反対方向にも進む」から、「今を共有しない人」だった。とはいえ、付け加えておくべきだろう。ぼくたちは、なんの反対方向に進んでいるのかを知らず、したがってどこへ向かっているのかも知らない「今を共有しない人」である（知っていれば、フランソワは行き詰っていなかったろうし、ぼくのドン・キホーテ主義もなかったろうし、ぼくたちは「万のアルチュセール」などと口にしなかったろう）。ぼくたちはそれを知らないから、そういう人である。知らないのにそれが実在すると信じ、それを知りたいと思っているから、そういう人である。一九九五年のコロキウムでも二〇〇五年に完全に二人で書いたテキスト（「一、二、三、四、万のアルチュセール」）でも、さらに今日でも、ぼくはフランソワとともに、アルチュセールの「今を共有しない」ありさまをぼくたちのものとして再構成する作業に携わってきた、とぼくは思っている。フランソワが「位置づけがたさ」と呼ぶのも、このありさまのことである（『やがてほかの名前、おそらく政治という名前で呼ばねばならない諸問題』──アルチュセールと政治の位置づけがたさ」二〇〇五年）。

不連続性――ぼくは今、つまりフランソワの卒中のあと、翻訳者にすぎない。われらのアルチュセール、そしてぼくたちがなそうとしてきたことの翻訳者。ぼくがずっと以前からルイ・アルチュセールの日本語への翻訳者であったこととは関係がない。翻訳は原テキストの存在があって成立するが、二〇〇五年はその原テキストを一つの脳卒中とした。あるいは一つの脳卒中をぼくが翻訳すべき原テキストにした。回顧的に見てそうだったと言っているのではなく、これはぼくがあの年から今日まで自分に対し言ってきたことであり、二〇〇六年に彼のテキスト、「もはや書けなかった男」がぼくのなかで決定的にしたことである。したがって、正確に言えば、いわばテキストの確定作業に二つの段階があったことになる。最初の段階はその前史と連続している。一一月の発作に先だつこと半年、フランソワとぼくは「万の」アルチュセールにある中心問題を「無からのはじまり」と見定めていた。そして九月、『マルチチュード』の同じ号に同時に掲載されたそれぞれの論文において、フランソワはアルチュセール的マルクスにおけるVerkehrung（転倒／転回）について語っていた（『存在論的政治――反乱・主体化・階級闘争』航思社、二〇一四年所収）。「無からのはじまり」――ぼくたちはやがて起きることをまえもってなぞっていたのだろうか？　発作は偶発的ではなく、プログラムされていたのだろうか？　前後関係の順序を脱臼させ、現在を「位置づけがたく」するVerkehrung——今の昏睡状態はなんなのだ。命の転倒か？（フランソワはやがて事後的にそれを「革命」と呼ぶことになる）昏睡状態を脱したとき、フランソワはぼくが知っているフランソワであるだろうか。そしてぼくは？ぼくたちを結びつけたのがアルチュセールでなかったなら、そして、フランソワがわれらの哲学者について自分の本を書く決心をしたところだとぼくが知っていなかったなら、不安はそこまで強くなかったろうし、ぼくを自責の念でさいなませることもより少なかったろう。もしぼくたちがこんなアルチュセール主義者でなかったら……。

とはいえ、翻訳すべき原テキストを構成したのは、「理論的なもの」のこんな幻覚的先行性ではない。「もはや書けなかった男」はぼくに知らしめた。神戸にいて、友の生の声から遮断されていた約一〇ヶ月間（正確さに欠けるかもしれない。電話を通して一度だけ、たった一言だけ聞いた——「友だち！」）、ぼくは間違っていた。テキストの冒頭にアルチュセールの二つの言葉が引かれているのを発見するや、ぼくは自分の間違いを悟った。ぼくにも身近で、ぼくたちが度々議論してきた言葉である。本書の読者もまた、脳卒中以降に書かれ本書に統合されているフランソワ・マトゥロンのいくつかのテキストに、それらがライトモチーフのように作用しているのを見るはずである（だからそれらをここで引用することはしない。ただし、本書においてそれらの言葉は「もはや書けなかった男」の冒頭ではなく、二〇一二年のポツダムでのテキストに挿入されているとだけ注記しておく）。あいつはなにも忘れていない。もう書けなくなったかもしれず、電話でぼくの名前を呼ばなくなったかもしれないが、あいつはなにも忘れていない。書くことも、ぼくに呼びかけることも忘れていない。あいつはぼくたちがアルチュセールについてなにをベースに語ったか、なにをめぐって互いにやり取りしたか、自分がこれから書く本でなにを語るつもりだったかを、完全に覚えている。数ヶ月の断絶のあいだ、彼はぼく同様に、かつ自分なりに考えていたのだ。彼の脳はぼくの脳と「今を共有」していた。たしかにテキストはアルチュセールについてではないし、必ずしも「理論的」とは言えないが、書きっぷりはぼくの感覚では確実にアルチュセールを彷彿とさせた。手紙のなかで自分について語り、たとえばこんなことを言うアルチュセールである。「ぼくは自分と直接かかわりのないことを、理論においてなにも理解できない」。

ぼくたちのアルチュセール読解はなによりまず、「理論的なもの」と「個人的なもの」ないし経験的なものを区別しないことから成り立っていた。『資本論を読む』と『未来は長く続く』を区別せず、著者が刊行したテキストと、著者が遺棄したり隠したりしたテキストを区別しない。ぼくたちはアルチュセールの古い友人たちとも、マルクス主義を「日曜精神分析家」よろしく論評する人たちとも違っていた。ぼくたちは書いたものをとおして、この非区別はアルチュセールにおいて、そしてわれわれにとって、誰にとっても、「理論的」価値があると信じてきたし、事実上そう言ってきた。さらに、もっとも「理論主義的」な「概念」でさえ、彼の自己へのかかわり、彼が他人とのあいだでもった経験、彼の「深い現実と生々しくコンタクトする能力」に由来する、と。一つの生の哲学だろうか。かもしれない。晩年のフーコーが語ったストア的倫理だろうか。かもしれない。だが、スピノザ主義者であるアルチュセールにとり、非区別は『エチカ』のなかで決定されていたはずである。「観念の対象は(…)身体である」(第二部定理一三)。あらゆる観念は「身体が受ける変様」の観念である(同定理一九)。ゆえに、「理論的対象との関係は自己との関係からも規定される」(アルチュセール)。こうした「合理的かつ情動的関係」について、「もはや書けなかった男」以上に照らし出してくれる例があるだろうか。フランソワはそこで、また本書においても、アルチュセールの奇妙なスピノザ主義を自分の身体と脳にかんする記述に翻訳している。ならばぼくは、この記述をわれらが哲学者の読解に(再)翻訳してはどうだろう。友の経験をとおしてアルチュセールを読んではどうだろう。ぼくは、二人でしゃべった三つのコロキウムにおける自分の根本的役割をそう規定した（二〇一〇年、パリの社会科学高等研究院における「アルチュセール、『風変わりなやつ』、風変わりな本棚？」、二〇一二年、ポツダム大学における「アルチュセール、記憶、ベンヤミン、パッサージュ……」、二〇一五年、パリの高等師範学校における「スピノザとグループ・スピノザのあいだ——空虚」）。しかし、役割の予感が訪れたのは、「もはや書けなかった男」の原稿を彼のパソコンから『マルチチュード』の友人たちに送るため、彼のかわりにリターン・キーを押したそのときである。彼にはキーボード上のキーを見分けるのが困難であったので、かわりに送信した。二〇〇六年の末だった。ぼくは、一人でアルチュセールについて話すためにヴェネツィアに行く途中、彼の家に立ち寄っていた。パソコンは新品で、「書類」のなかには一つしか文書が入っていなかった。一九九五年のコロキウムにおけるぼくの発表原稿である。気持ちが揺さぶられすぎて喜ぶどころではなかった。

翻訳者は原著者とは一緒に仕事をしない。だからぼくたちの共同作業も可能になった。方法はシンプルである。はじめるためには、二〇一〇年のテキストでフランソワが書いているとおり、「はじめるためだけのちょっとした内部向けアイコンタクト」があればよかった。すなわち、そのときのテーマと関連する、アルチュセールから取ってきた二、三のキーワードを共有することである。テーマとどう関連するのかは、その時点では明確になっていなくてもよかった。「風変わりなやつ」、「閃光」、「空虚」……これらは概念だろうか。どうでもいいことだ。だが、なすべき仕事にとっては確実に概念のようなものである。アルチュセール／マトゥロン、理論／経験を読むためには。とにかく、フランソワの「記憶」と「忘却」は探求にとって「風変わりな本棚」となった。パブリックイメージからすれば「風変わり」なアルチュセール像を提示するため、ぼくにはこの本棚をいつでも利用することができた。そのたびごとに、ぼくは友がなにも忘れていないことに驚かされた。彼は忘れた素材を、読んだ素材であっても経験した素材であっても、それらがそのとき必要であれば、記憶の表面に呼び戻すことができた。彼が仕事から「変様を受け」ているあいだは、できた。そしてこうしたことのいっさいは、それぞれのなかで別々に進行した。ぼくのほうでは、彼のパートが走り出すのを待っていれば、自分のパートははじまった。彼のほうでは？ぼくには分からない。ぼくは自分の観念を彼が書くものに投影して、それらがどんな観念かをはっきり見る作業をしていただけだ。執筆途中での調整は、二人のあいだではなかった。ならばいったいどんな必然性が、二つの並行するパートを統一しているのだろうか。神の、唯一の実体の必然性、とスピノザは言うだろうが、その同じスピノザは自分の答えに明らかに満足していなかった。「神はじっさい、(…)それ自体においてあるがままに存在するものの原因である。わたしはいまのところこのことをこれ以上明らかに説明することができない」(第二部定理七注解)。スピノザが『エチカ』において「これ以上明らかに説明する」ことはけっしてないだろう。ゆえに仕事におけるぼくたちは、空虚のなかを並行に落下する「原子」にすぎない、とアルチュセールなら言うだろう。ぼくたちのあいだになにがあるのか、互いが互いについてなにを思い、語ることになるのか、それを知っていることと知らないことは、それぞれにとって一つの同じことである。友情だとか信頼だとか呼びならわされているものを、ぼくはこの「論理的」同一性のかりそめで「情動的」な名前だとみなしたい。「関係のないことがほんとうの関係を構成する」とも述べたわれらが哲学者の「合理的かつ情動的」関係概念に依拠しつつ。

とはいえ、ぼくとしては同時にこうも言わねばならないだろう。この点こそがぼくたちをわれらの哲学者から分かつのである。というのも、彼にとって、関係の不在ないし空虚はつねに、彼の言説の舞台において演出すべきものだったからである。彼は自己演出に長けた人であった。彼にしたがえば、生まれたときから「行方不明者」で、「主体」になることができなかった男を、彼は演出することに長けていた(「ルイ」とは実際、死んだおじの名前である。そのせいで、ルイ・アルチュセールという人はどこか自分自身ではなかった)。彼の自伝『未来は長く続く』は、行方不明者のドラマトゥルギーをもっている。主人公は行方不明であるという運命を、自らの「犯罪」について法廷で権利主体として弁明する可能性を彼から奪う「不起訴処分」によって完成させる。「最後のアルチュセール」が実在するとすれば、自伝作家が行方不明者を舞台に上げるために作りあげた概念的で演劇的な人物にほかならない。市民社会と家族のなかで、さらに友人たちのあいだでも空虚である行方不明者。そしてそれを舞台に上げるために、哲学は「偶然性唯物論」という新しい名前でひと働きする。この「アルチュセール」が概念的かつ演劇的であることは、同じ作家が一九六二年にイタリアの芝居の舞台上に見つけた「ルンペンプロレタリアート」がそうであるのと同じである。メロドラマのかたわらで、なにも起きない空虚な時間を表現する役者としての「ルンペンプロレタリアート」(「ピッコロ、ベルトラッチ、ブレヒト(ある唯物論的演劇についての覚書)」一九六二年)。いずれの人物も、この作家が『資本論を読む』において言及している「作家のいない芝居」の登場人物だ。「作家のいない芝居」とは、マルクスの「構造化された全体」、すなわちマルクス主義哲学の究極の理論的対象が実在するさいの様態と定義される——「自分自身の舞台であり、脚本であり、役者である」

ような芝居、「観客がたまさかの観客であるためだけにも、まず役者であることを強いられねばならない」芝居、「その役者も脚本と役柄の制約に縛られており、自分はけっして作家にはなれない」芝居。ことの次第がそうであれば、この芝居、「演出」とも言われるこの実在様態においては、自らを舞台に上げる舞台のほかにはなにも存在していない。つまり、自伝における件の哲学者のように自己演出者である舞台のほかにはなにも。どこにおいても、「自己原因」――スピノザ的な？――が問題になっている。結果のなかに「不在である原因」――行方不明の？――が。とにかく、「ぼくは自分と直接かかわりのないことを、理論においてなにも理解できない」とすれば、これは至極当然のことであろう。

反対に、ぼくたちはあくまで二人であって、一人ではない。「二人」はけっして一人の自己演出家にはなれない。二人に共通の「自己」はアプリオリにはどこにもないのだから。つまり、はじまりに際して「自己原因」として働きうるものを、ぼくたちは二人のあいだでなにももっていない。「自己原因」として働くものをもつなどということは、この世にたった一人で存在する者の特権であろう。ぼくたちはわれらの哲学者とは異なり、仕事のなかの孤独をまったく経験しなかった。ぼくたちにとって、問題はつねに「二」を構成すること、もっと言えば虚構することであり、二人で語るという特殊な形式により、ぼくたちにではなく聴衆に「一」を感じさせなくてはならなかった。この発話実践の延長線上に、ぼくたちは一冊の本を書こうとしたことがある。E・T・A・ホフマンの未完の小説、『牡猫ムルの人生観』のような本である。猫と音楽家の二つの回想録がページごとに入れ替わり混在するその小説と同じように、ぼくたちの本もまた、欠落がありばらばらな二つのテキストから成り立っている。なおかつ、その小説以上に一体性をもった一冊の本を、二人の実在する著者が書いている。そんな構想である。計画は挫折したが、そのかわりに本書が生まれた。ここでは一人の著者が、いずれも時間にかかわる二種類のテキストを混ぜ合わせている。一方のテキスト群は、すでに書かれており、現在をよりたしかなものにするために現在に呼び出されている。他方のそれは、耐えがたい現在を過ぎゆく時間に変えるために、まさに今書かれている。生きられた時間を存続させるためのテキスト（この時間は、偶然生まれた空白のため、不幸にしてその体験化に濃淡がある）と、そうさせないためのテキスト。二つを結合させることにより、著者は「長く続く」時間を自分のものにし、自らの現在を、包み込むものでもあれば切断するものでもある現在として再建する。そのようにして一冊を編むことにより、彼は時間に対して「取られた距離の空虚」（アルチュセール）のなかにわが身を据えるのである。自己の友、自己の「歪んだ」身体の友として。

フランソワ・マトゥロンの『牡猫ムル』を、アルチュセールが密かにたびたびやってみせた人称手品と比べてみるべきだろう。そのメカニズムの典型は「二人で行われた一つの殺人（一九八五年）」（邦訳『終わりなき不安夢』書肆心水、二〇一五年所収）に見いだせる。著者はそこで自分の主治医ユール博士のふりをして、こんなふうに書く――「ぼく＜きみはきみを恐怖に陥れる事態を生きてきた……」。ほんとうの著者である「ぼく」は、自分が虚構した「きみ」のなかに包み込まれ、隠される。「ぼく」は作家‐主体としての力能を、自己を虚構的に隠す能力により証明する。それに対しフランソワの場合、彼の「最初の言語」は息子のことを「髪の汚い少年」、ある友人のことを「よくしゃべる男」、ぼくのことを「友だち」と呼ばせるのだが、その「ぼく」はつぎのことを知っており、認めている。「もっとうまく意思表示し、もっとうまく語るため、ぼくはこの最初の言語を忘れる必要があった。実際、ここで語った例は他人の記憶にもとづく」。アルチュセール‐ユール博士の「覚書」を読むのと同じ効果を読者に与える――「これが他人の記憶だとしたら、語っているのはいったい誰だ？」。しかし差異は明白である。アルチュセールは他人の名前で語る。他人について語りながら自分について語っている。マキァヴェッリ講義でもそうだった――「……ぼくは自分の錯乱のことしか語っていないのではないかというめまいの来るような感覚をもった（抗いがたい力で）」。しかしフランソワが語るのは他人のようである自分であり、そこにはたえず一つの問いがともなっている——「誰が身体のことを知っているのか。その力能と無力を」。

なおしかし、真の差異は別のところにある。というのも、自分が主体として実在するのかをいつも疑わずにおれないアルチュセールは、迷うことなく、フランソワの問いを共有すると自白したであろうから。彼が生きていて本書を読めば、そう自白するだろう。彼にとっては、本書は彼が自伝で引き受けた自白問題でしかない。しかし、フランソワの問いがその効果において現実的にもっとも遠ざかるのは、自白問題からである。彼の身体を目の当たりにすれば、誰もが問いに対して即座にこう答えるにちがいない——「わたしには分からない。きみの身体になにができるのか、わたしには分からない」。そのとき彼／彼女は、問いを自分にも差し向けているはずである——「わたしの身体について、わたしはなにを知っているだろう」。つまり、問いをフランソワと共有しているのである。二〇一〇年のコロキウムで一緒になった人たちが行ったのもそれであったように、ぼくには思えた。ぼくたちを避けた視線は、よそへ向かうまえにまず一瞬、視線の「主体」に回帰する。こうした無自覚な「自己への回帰」

を、ぼくは周囲に感じとっていた。フランソワ・マトゥロンの「変様を受けた」身体、われわれに「変様をもたらす」身体は、自白する哲学者の身体のようには活動していない。見ても分からない秘密の暴露はいささかもなく、問いを「われわれ」のものにする。著者は自分にかんする、自分にとって言わずもがなのことを声高に言っているだけだ。彼はけっしてアルチュセールのマキァヴェッリの格言には従わない――「言わずもがなのことは言わないでいたほうが、ことはうまく運ぶ」。言わずもがなのことを声高にいう。それがなにかを照らす効果をもたらしうることを、ぼくは二〇一三年のポツダムにおけるコロキウムで、友の隣に座って述べた。それをここでもう一度言っておきたい。ランシエールがかつての師について語ったように、「灯りをともす以上に目をくらませる」ぐらい「照らす」のである。実際、著者は、身体というわれわれに共通の「対象」について、なにも新しいことを教えようとしていないのだから。しかし、明白であり、かつ、目をくらませるなにかをわれわれは知っているだろうか。本書を通読した読者なら知っているだろう。自分が目のくらむ思いをしたのは「われわれ」の身体に対してである、と。歪んだ身体が自分の身体でもあるのでなければ、こんなに目のくらむ思いはしない――ショックを受けない?――だろう、と。読者の身体は、同類の身体、たんなる人間の身体から「変様を受けて」いるのである。一冊の本が著者と読者のあいだで、著者の身体が受けた変様の観念の集合体——思惟の様態変様——として実在するとすれば、それはその本が読者に対する効果として、「観念の秩序と連結は、ものの秩序と連結と同じである」（『エチカ』第二部定理七）という事態を実現したからにほかならない。本における「観念の秩序と連結」が、著作の身体とわたしの身体の「秩序と連結」と同じである、という事態を。そして、著者との出会いをとおして自己に回帰したわれわれ読者には、まるで出会いを通じてなにも起きなかったかのようにまっすぐたった一人で進むことは、もはや不可能である。われわれ読者は、著者とともに、過ぎゆく時間の舞台の袖に開けた持続のなかに連れていかれる。書くことと読むことの快楽のなかに？　第三種の認識がもたらす永遠のなかに？——「われわれはわれわれが永遠であると感じ、経験している」（同第五部定理二三：翻訳は『哲学においてマルクス主義者であること』におけるアルチュセールによる）。そこからすべてがはじまる永遠。「見る、聞く、話す、読む、といった存在のもっとも単純な動作」（『資本論を読む』）のすべてがはじまる永遠。フランソワ・マトゥロンはこのリストに脳の二つの動作を加えた。すなわち、考える、書く。このはじまりにおいては、言わずもがなのことを言わなければ、ことはそれ以上うまく運ばない。

ぼくのフランス語能力はあいかわらずたいしたものではない。けれども、まず日本語で書いてそれを翻訳すれば、ケースにもよるが、それはもうぼくが考えていることではない。「ルイ・アルチュセール」のようないくつかの主題について自分の考えを表明するには、ぼくにはいきなりフランス語で書く必要がある。さもなくば、自分がほんとうに考えていることが分からなくなる。これは、「言語――ぼくの場合にはフランス語――の出現以前には、なにも判明ではない」（「もはや書けなかった男」を参照）ということではない。フランソワとの仕事がぼくに教えてくれたのは、むしろ、ぼくのフランス語は彼の身体のようなものである、ということだ。つまり、たしかに精神と統一されているのだが（だからぼくはフランス語で書く）、それが精神の対象になりうるのは、この統一があやしくなる、さらには危機に陥るからである（ぼくは自分の言いたいことをフランス語でうまく言えているのかよく分からない）、といったもの。あるいはそうした場合にだけ精神の対象になりうるもの。とはいえ逆に、精神のほうはこの対象をもたずには活動をはじめないのである。翻訳者としてのぼくの役割は、友における対象関係をぼくとフランス語のあいだの対象関係に置き換えることにあった。二〇一三年のポツダムでのコロキウムと二〇一五年のパリでのコロキウムにおいて、ぼくたちは発言――ぼくたちの発表――をうしろのスクリーンに映しながらしゃべった。聴衆がぼくたちの話す「歪んだ」フランス語についてくるのはむずかしかろう、という実際的な理由からである。これは、ぼくたちの理論的テーゼの演出だったのだろうか。ポツダムでぼくに発言を回すために友が自分の発言を締めくくった言葉を思いだしながら、そんなふうに自問している——「しかしわたしはアルチュセールではありません。したがって、わたしはたんに友のほうを向くだけにします」。

トニ・ネグリからのメッセージ

親愛なるフランソワ、

きみになにを言えばいいのだろう。ある日の午後と夜をずっと、きみの草稿を読んで過ごした。

草稿、とあえて言うことにするが、そこにはなんの皮肉もない。どれだけ手が入っていようといまいと、隠され、見つかった書き物という意味だ。恐ろしい冒険が密な文体に昇華されて生まれた果実。ぼくは怖かった。きみのため、きみに近しい人たちのために。ぼくのため、これを読むことになるあらゆる人のために。とはいえ同時に、無力と力能のこの綱渡りのあとについていこうともしていた。きみの話を成り立たせる綱渡り、読者に耐えがたい重量をかける綱渡りに。それは極端な同情も読者に強いる。「同情」、これも使うべきでない語かもしれないが、ぼくはイタリア人で、conpatire にぼくは「ともに苦しむ」という意味を与えている。きみが蒙った冒険の狂気に対し、どうやって「ともに苦しむ」ことができるだろう。ぼくのように精神分析をほとんど信じていない人間には、キャロルの憤り——「わざとやってるの?」——を理解することのほうがよほどたやすい。実際、ここにあるのは抵抗だ。生き残ろうとする力。きみに「同 - 情」しつつ、ぼくは自分のなかでこう言っている。ぼくもやっただろうな……草稿はこんなふうに読まれるべきにちがいなかろう……だとすれば、この抵抗は君をアルチュセールから遠ざける。きみはしばしば自分がこの「御大」に似ていると言うけれども。彼には抵抗する力が欠けていたではないか。きみはそんなことはない。きみは書けた。おれは生きていると叫ぶことができた……。

きみとキャロルときみの子どもたちに、よいお年を。

トニ、あらゆるマルチチュードの親分

最初に読まれるべき訳者あとがき

フランソワ・マトゥロン、一九五五年八月五日生まれ、フランス人。日本では、死後出版されたルイ・アルチュセールの著作のうちのかなりを編纂・校訂した人物として、それらの邦訳書を繙いたことのある人々には知られている。つまり、学者や文筆家としての一般的な知名度はない。とはいえフランスでも、単著書をもたない彼をめぐる事情はさして変わらず、アントニオ・ネグリの二著、『野生のアノマリー』と『構成的権力』の仏訳者として、日本におけるより若干知られているという程度であろう。

そんな人物のはじめての単行本を原著とほぼ同時に、つまり本国における原著の評判とかかわりなく私が訳出・刊行しようと思った理由の一つは、本書の成立に対し私がもった当事者性にある。私は本書の登場人物の一人であり、原著あとがきの著者である。本書が書きはじめられた当初から、少しずつ送られてくる原稿を読み、そのつど感想と意見を述べ、その一部を本書に引用されている人間である。有名人への言及は別にして、本書に実名で登場する人物は彼の家族を除けば私だけだ。およそ二五年になる私たちの関係については本書中に語られているから、ここでは繰り返さない。しかし、本書が翻訳されるべき書物であるなら、それをするのは私の責務であろうことは、本書の刊行が決まる前からいわば自明であった。

私にとって本書は、というより正確には本書のもとになったテキストは、脳疾患を患い重い後遺症を負った友人の闘病記であった。「もはや書けなかった男」と題されたごく短いそのテキストは、彼が脳卒中 Accident vasculaire cérébral（略称ＡＶＣ）に倒れた二〇〇五年一一月からおよそ一年後に書かれている。その卒中発作は正確に言えば「頸動脈解離による虚血性脳卒中」であったが、フランスでは今日でも日本におけるほど一般病名レベルで虚血性（いわゆる脳梗塞）か出血性（くも膜下出血など）かを区別しないようで、私と彼や彼の家族、友人たちの間では病の急性発症のことをずっと accident としか呼んでこなかった。同じように脳の accident に見舞われた詩人にして外交官であるイヴ・マバン＝シュヌヴィエールの詳細な闘病記（『くず作家のポートレート』Yves Mabin-Chenneviere, *Portrait de l'écrivain en déchet*, Seuil, 2013）にも、病名はＡＶＣ

としか記されていない。わが友人の闘病記は執筆からおよそ半年後、二〇〇七年春に、私たちが当時編集委員を務めていた雑誌『マルチチュード』に掲載された。タイトルを同じくする本書は、その最初の闘病記を膨らませたものとひとまず言うことはできる。実際、オリジナル版「もはや書けなかった男」そのものから本書ははじまっている。

とはいえ、著者は闘病記を徒然に書き続けていたわけではない。彼の言語能力――語を選んで文を組み立てる／書く能力――は、そんなことを随意に行えるまでにはついに回復しなかった。堪能であったイタリア語と英語にかんしては、読む力さえ完全に失われたままである。最初の闘病記はリハビリのために書かれたものの、いつごろからであったか、文を組み立てることにともなう疲労が激しくなり、書く作業は言語能力を回復させるどころか、種々の麻痺を逆に進行させるのではと危惧されるようになった。数年単位で見れば明らかに、口にされたり書かれたりする文は短くなり、文と文を隔てる時間――文がつながってしまえば見えなくなる――が長くなっている。事後の脱力感も増している。自分の文章を作品化するために越えるべき壁は、いつとは同定できないあるときから、高くなるいっぽうであった。

著者はまたあるときに、それでも続編を書こう、と思い立ったわけでもない。本書に直接結実する一文が書きはじめられたのは二〇一六年夏であり、その動機は、記録を残す、つまり当事者として病とその後遺症について証言する、ということではなかった。先の詩人かつ外交官が闘病記を書く動機とした、記憶力の低下に抵抗することでもなかった。心身の急激な不調——排泄能力の麻痺に続く不安発作の昂進——により、精神病院の救急外来に運び込まれ、別の精神科クリニックに入院を余儀なくされていたときに、ひたすら不安を鎮めるため、心身の現状に対し少しでも距離を取るため、著者は自分の現状を文章に認めはじめた。そしてそれを、私を含む数人の友人たちに送りはじめた。メールの冒頭にはこう記されていた。「きみにこのテキストを送る。ぼくにはこのテキストが自分以外の人のためになるのか分からない。きみには?」——本書中、読者に向けて発せられるかのように何度も引用されている問いである。

本書はつまり、まずは自分のために書かれたテキストである。発表を意図したものではない。とはいえ、原著あとがきに記したように、私と彼の間ではそのしばらく前から、これまでに人前で二人の名前で「発表した=話した」原稿をもとに共著で本を作る計画が存在していた。それをどう構成するかを相談しているうちに、二〇一六年夏の激変が訪れてしまい、なにかを書きたい、まだ書けるということを自分で確かめたい、その意欲があること自体を確かめたいという彼のそれまでの漠たる意欲は、とにかく現状をリアルタイムで文字にすることへの衝迫に姿を変えた。そしてそこに、過去の仕事をまとめることへの徐々に復活した意欲が加味され、本書はかたちをなしていった。

その結果、本書は二層の「現在」をもつことになった。まず、その二〇一六年夏に精神科クリニック「守護天使」ではじまり、二〇一七年夏に本書の刊行が決まるまで続く「現在」。後遺症の重篤化を追う闘病記と言っていい側面を本書に与える時間である。病との「闘い」の記録とはいえ、描かれるのはもっぱら病に翻弄される様子であり、それを描くことだけが「闘い」の内実であるかもしれない。この連続した「現在」に、二〇〇六年から二〇一五年の間に「書かれ＝話され」、修正も加筆もなく発表当時のまま本書に再録された四つのテキストが、断続的に割って入る。あるいは第一の「現在」を、第二の複数の「現時点」が包み込む。オリジナル版「もはや書けなかった男」を含む、そのどれもが病の現状を「哲学」に結びつけようとしている。「もはや書けなかった男」以外の三つのテキストでは、哲学者ルイ・アルチュセールについてそのつど異なるテーマで話すよう求められた著者は、自分の病の現状からしかテーマに接近できないということ、いやテーマに沿っているのかも定かでないことを、ある種のアルチュセールの顔をなぞりながら語ろうとする。それらはいわゆる「私語り」でも普通の意味における「論考」でもない。アルチュセールを経由した「私」の現在と、「私」の現在を経由したアルチュセールとの交錯が、三つの独立した地平を読者・聴衆に現前させる。その場限りの「現在」を構成する。「もはや書けなかった男」においてすでに同じように「哲学」と交わることで構成されていた脳卒中後の「現在」が、それぞれ別のテーマと響きあって変奏される。

しかし四つのテキストは、発表順には登場しない。つまり二つめの「現在」は、継起することで一つの連続した層——最初のテキストの事後譚——をなすという具合にはいかず、第一の「現在」とも、またすべての「現在」が真の起点とする二〇〇五年一一月とも、同じ幅の距離をもっていない。おまけに第一の「現在」自体、実は時計時間どおりには進んでいかない。あるときにはまさに書いている「今」であり、別のあるときには数ヶ月前の「過去現在」である。こうした複雑な時間構成の効果により、けっして読みにくくないのに、いや読みにくくないからこそ、本書は読者をいつの間にか時の迷宮のなかに連れ込んでいる。訳者としてあらかじめ断っておきたいが、過去のテキストが引用されているとは実際にはどこにも明記されていない。文法的に現在形が続いても、テキストは未来へ進んでいるとはかぎらない（それは挿入される日付から分かる）。現在が進むにつれて現れる、友人たちからのメールに引用符はない。つまり文の時制ばかりか主語までが、目の前にある文のすぐ後ろにあるはずの起点――〈これを今書いている私〉――をしばしばいつの間にかあらぬところへ移動させている。これはいつの話だ？　誰のセリフだ？　と読者はそのとき自問を強いられるだろう。

とはいえ日本語では話し言葉と書き言葉に同じ一人称や文末形式を与えるわけにいかず、翻訳にあたって原文には存在しない移動の標を多々与えることになってしまった。それでも引用符なしに異なる人物に同一人称代名詞を割り振る不自然さは残し、時制の再整理も完全には行わなかった（言い換えると「現在」の移動がフランス語原文よりは分かりやすくなっている）。あえて正統書法に従わない書き方には、著者の脳と身体が恒常的に経験しているのであろう麻痺のあり方が意図して投影されていると思えたからである。草稿を受け取った編集者も、文の修正はおろか改行の付加や字下げ処理などの形式的操作すらいっさい加えていない。訳文にも原文がもつ不自然さを一定再現したかった。不自然なパッチワークによって著者がやりたいのは、自らの麻痺を読者に追体験させること以外になかろうと思えたからである。一人の読者としては、引用符の不在により自分と著者が入れ替わっている――人格が混同される――箇所を目撃することは、けっして心地よい経験ではなかったが、友は私にそれを経験させたいのであろう、それさえ自らの現在を読者たる私に伝える手段としているのであろう、と思えたのである。だからそうした箇所に訳者あるいは事情を知っている者として注を入れることは論外であった。思い返せば彼は「健康」なときから、つねに挑発的なことをしたがる人間であった。脳と身体のなかで起きている不快な麻痺を、不快だと直截に述べるだけではあきたらず、実際に疑似体験させようとするのはいかにもわが友らしい、と言うべきか。

　とにかく、言わば演出された混沌が、主題としての〈もはや書けなかった男〉を鮮明に浮かび上がらせる。本訳書を目にした読者はタイトルにどこか座りの悪いものを感じなかったろうか。日本語として練れていないのでは、と思わなかったろうか——せめて「もはや書けなくなった」と記すべきではないのか。脳疾患により言語能力の一部を失った人間が過去を振り返る書物であると知れば、なおさらそう思うかもしれない。あるいは表現の座りの悪さに、失われた能力の意図せざる表出を認めるかもしれない——〈拙い言語を使うようになった男〉。しかし、著者が語ろう、書こうとすること、それをこそ浮かび上がらせようとする対象は、正確には「書けなくなった」という事態ではない。〈あるとき書けなくなったものの、徐々に書く能力を取り戻した人間が、書けなかった間のことをなお不自由な言語で書く〉、それが本書ではないのである。

もちろん、言葉にすればこれは本書にかんする情報として「正解」である。しかし正解であると同時に、正確ではない。というのも、主体を襲う言語能力の喪失という出来事、書けなくなるという事態は、その主体にはなかったのである。彼にあったのは、目覚めたときには言葉がなかったということだけである。あったのは一つの状態であり、あらゆる状態は状態であることの本性のなかに始点や出来事を、まして終点は、含んでいない。別の状態との差異なら含むことができるだろう。「雨が降っている」——晴天でないことは含意しえても、いつ降りはじめ、いつ降りやむかは意味作用の埒外にある。「男」はまさに、ただ「もはや書けなかった」のである。それを正確に文に再現する著者の言語能力は〈拙い〉からはほど遠い。

おまけに正確には、その状態は主体によって〈私の現在の状態〉として生きられていない。本書にあるように、著者は卒中発作直後からしばらくの間の記憶がない。昏睡状態に陥っている間の、ではなく、その少し前、発作を起こしてもまだ意識があるころにはじまり、意識を取り戻してからもしばらく続く——著者の表現によれば「決意」の夜まで——時間の記憶が彼にはないのである。記憶がないのにどうしてそのように正確に限定することができるかというと、その時間が事後的に彼のものになったからである。覚えていない自分の状態を、他人からこうであったと教えられ、その他人の記憶を自分のものにしたからである。その時間、彼の〈私〉はいなかったのだ。その時間の〈状態〉は誰のものでもない。それはある「男」のものであって、〈私〉のものではない。

　とはいえ、「決意」を通じて〈私〉とその記憶が再建されたあとに振り返られるその時間は、ものごとが他人事として過ぎた時間――便宜的に〈私〉の経験として描写されているだけの時間――ではない。〈私〉の再建は発作以前の記憶を取り戻させたのであり、だから再建であり、記憶の欠落は持続する〈私〉のなかにある欠落、〈私〉のものである欠落でしかありえない。それが〈自由意志〉により認知される――〈私の〉欠落であった、と。再建された主体はその時間を過去形で語るが、過去形で語られるその時間は、語る〈私〉以外の誰かのものではありえない時間――〈私〉こそが過去として成立・存続させる時間――になっている。それは自らを「もはや書けなかった男」と語る者の時間である。昏睡期間中、彼の妻は一つの不安を口にしていた。目覚めたとき、フランソワは私の知っているフランソワかしら（脳へのダメージはそう懸念されるほどであった）。彼はそのフランソワになったのである。「書けなくなった」のではなく。

フランソワ・マトゥロンと私に親しい哲学者、ルイ・アルチュセールに敬意を表して、この時間を「はじまりの時間」と呼ぼう。マトゥロンも本書中で触れている私と彼の文字通りの共作である唯一の論文（「一、二、三、四、万のアルチュセール」二〇〇五年）において、私たちはあらゆる時期を通じてのアルチュセールの中心問題を「無からのはじまり」と見定めた。世界のはじまりであり、国家のはじまりであり、〈私〉のはじまりであり、哲学のはじまりであり……とにかく、はじまる当のものがまったくない状態からそれがある状態への移行を、アルチュセールは生涯を通じて論じていた、と私とマトゥロンは述べた。そのたった数ヶ月後に彼はそんな「無からのはじまり」――彼の場合の「無」はもちろん意識と言語の「無」であり、それはつまり彼の〈私〉の「無」であった――を生きることになったのであるから、それに立ち会うことになった私の衝撃については容易に想像していただけると思う。彼も私も、言ってみれば、二〇〇五年の秋以降、「はじまり」の衝撃の余波をもちろんそれぞれ別様にだが生きてきたことになる。彼の場合には本書が物語っているように。私の場合にはそれをどう語ってよいか分からないものの、それを生きることで気づかされたことの一つは間違いなく、「はじまりの時間」には終わりがないということだ。たしかに「もはや書けなかった男」の「書けなかった」は過去形である。移行の時間としての「はじまりの時間」はもう終わっている。終わったから「書けなかった」と書くことができ、終わらなければ、それは書く主体の時間にならない。わが友は実際、昏睡状態から目覚め、生のページをめくる作業を再開した。ところが、失われた能力はけっして完全には回復されないし、どれほど回復しようがしまいが、「無からのはじまり」に等しい出来事があるとき訪れた事実は変わりようもないのだ。生の新しいページは出来事以降のページでしかないという意味で、「はじまりの時間」に拘束され続けている。この「以降」のなかに、「はじまり」は持続している。ことが国家のはじまりであれば、創設を神話化せずして国家の現在はないと言うべきか。

　二〇〇五年に二人で論文を書いた時点では、私たちは、「はじまり」ははじまってしまえば忘れられると思い込んでいたように思う。哲学徒であるには違いない私たちには、「はじまり」をめぐる哲学問題はアルチュセール版「存在忘却」であったように思う。アルチュセールもたしかに、「はじまり」には根拠がない——根拠は「無」である——から、はじまったものは自らの持続のために根拠の不在を抑圧しなければならない、自らのはじまりが必然であると言い続けねばならない、と語っていた。ところが現に体験された「はじまり」は、忘れるどころではないではないか。忘れたいと思っても忘れさせてくれないではないか。

考えてみれば、人生のなかでなにかしらフェーズの変わる体験をした人は、みな知っているだろう。もはや元の暮らしには戻れない。私の生は根本から変わってしまい、私は「以降」の生を生きるよう強いられている、と。トラウマの話ではない。トラウマ的な出来事は、少なくともいったんはなかったことにしてしまえるから事後にトラウマとして蘇る。それを忘れる可能性と意欲がトラウマをトラウマにする。人間が言語世界に参入する以前に生きていたとされる「現実界」が、言語世界に生きる人間にどう再侵入してくるかという話でもない。精神分析はこの再侵入を主体による「享楽」と位置づけるが、脳に由来する麻痺と禁じられた快を結びつけても好事家にとってしか意味はないだろうし、なにより「はじまりの時間」は、そこに戻れば主体に死が訪れる「界」ではなく、それを日々どう生きるかという「問題」でしかない。「はじまりの時間」はもはや「私」から疎外も分離もされないのだ。あるいはそこから疎外ないし分離されて「私」が成立するほど、「私」はそこの侵入から守られていない。「私」の現在は「はじまり」を過去にし続けることで存続している。「私」はそこへ立ち戻り続けている。強いられ、かつ意欲して。まさに本書のマトゥロンが行っているように、だ。我らの哲学者も彼のアバターたる歴史上の人物たちに、よく言わせていた。人は後ろ向きに前に進む、と。

最初に読まれるべき、と言っておきながら、導入にふさわしからぬ小難しいことを書いてしまった。けれども、そんなところへも読む者の考えを誘《いざな》わずにいないのが、最初の「もはや書けなくなった男」以来のわが友の仕事であり、私は現にそれに誘われて、隣に並べて置くべき発表原稿を書いてきた。そしていまだに分からない。彼はどうやって「書いた」のか。記述的にはある程度のことは言える――当初はテープレコーダーを使い、やがて音声入力ソフトを使って。けれどもそもそも、ちゃんと動く右の手指では「書けない」(「文字」からはじめると入力もおぼつかない)のに、声でなら「書ける」とはどういうことか。脳が「音声中心主義」者になった? 彼はいったい「書いて」いるのか。行われているのは「書く」という行為か。結果を目にして「書いた」と述べるのは、彼も囚われている我々の便法ではないのか。とはいえ、綴りを忘れたわけでないことは、読めば/見れば間違いを見つけられることから分かる。作業中の彼の隣にいても、声に出す/見る/読む/書くの関係が彼のなかでどうなっているのかよく分からない。というか、パソコンの前に座る彼、本や新聞を睨んでいる彼を注視していると、私のなかではふだん意識せずにつながったり区別されたりしている自明の諸動作が、ばらばらにされていく感覚に襲われる。それらを私はどう組み立て一つの「書く」へと統合してきたのか、答えのない反省を強いられる。自分に新しい文を組み立てられることが不思議に思えてくる。今もまたそうだ。私は自分の吐き出す文章を、むしろ「読んで」いる。その音の響きに文字や句読点を合わせている。彼の場合、統合に相当の労苦を要すること、統合がけっして自明でないことは、会話するだけなら発音不明瞭でもスムーズに進むのに、頭で内容を反芻しながら発話せざるをえない口頭発表となるや、とたんにスピードが遅くなり、ときに停止してしまう事実からも覗える。途中で頭が真っ白になり止まってしまうのではないか――ポツダムやパリでの発表に臨む彼を捉えた恐怖である。この局面では、「声」の現前こそが思考する〈私〉の一体性を崩壊の危機に晒す。私はなぜ／どのようにして、同じ恐怖を味わうことなく統合できているのか。はっきりしているだろう。統合することを「覚えた」からだ。長い年月をかけて労苦を一種の快に変えたからだ。泳ぎを覚えれば、覚えたプロセスのことは忘れてしまう。けれども、自分がどうやって「書いて」いるのか分からない／忘れているのは、ときに「書けない」恐怖に襲われる彼のほうである。忘却をめぐっては、障碍者である彼と健常者である私の間に結局のところたいした違いがあるわけではないのだ。

だから本書は誰にとっても「面白い」と私は言わずにおれない。著者が思い起こさせてくれる、統合を「覚える」労苦はただ個人的・生理的・身体的であるのみならず、社会的・精神的なものでもある。彼のように「性器から糞をたれる」人間は社会のなかでは生きていけず、まさに彼のようにいっときであれ隔離され、また恒常的に訓育され、ときに医療装置につながれねば障碍者の身分さえ付与されない。統合の不在を生きるにはその「不在」が社会的に身分化され、本人がそれを受け入れる必要がある。それを嘆き告発することに現実的な意味はさしてないだろうが、障碍者ならぬ自分もまたその本人とさして変わらぬと知れば、あるいは思いだせば、彼の味わう耐えがたさは私たちに共通する〈自由〉の地平として立ち現れてくるかもしれない。彼の奇妙な身体は、友人の一人が見て取ったように、「性器から糞をたれる」ぐらいに誰よりも〈自由〉ではないか。彼の精神はその身体を「これがぼくの身体だ」と進んで肯定するほど〈自由〉ではないか。

その〈自由〉を私がもっとも感じたのは、彼が「守護天使」に入院する直前に送ってよこした携帯電話のショートメールだった。ついにこんなことになったかと呆然とすると同時に、笑ってしまった——たった一言、「サンタンヌにいる」。なにが言いたいのかいかようにも読める〈自由〉。しかし私たちにとってそれは、私たちの哲学者が錯乱の果てに妻を殺害し、運び込まれたところ、若いときにも入院したことのある病院の名前であり、フランス人一般にとって「癲狂院」のように響くこともある名前である。メールは私には「ぼくはとうとうアルチュセールになった」と読めた。パニックのさなかにありながら、友を当惑させ、かつ笑わせようとする精神の〈自由〉。ぼくはあのサンタンヌにいるんだぜ！　そう読めたから「アルチュセールになったか」と返信した。笑わせつつ、突然音信不通になれば心配するに違いない友を気づかって、窮地を知らせようと意志する〈自由〉。彼にそんな余裕はなかったかもしれないのに、読んで笑う私の〈自由〉。笑うことができたから、私は次の知らせを落ち着いて待つことができた。「守護天使」にいる彼とのSkypeでの会話は、なかなか楽しいものだった。クリニックの個室は暗く殺風景で、そんなところにいて大丈夫なのかと思えたが、病状と治療の実態を報告する彼は私の知っているフランソワ・マトゥロンその人だった。たしかに疲れた顔をしていたが、それだけのことでもあり、天使は間違いなく彼に微笑んでいた。呆けた老父を脳出血による突然死で失ったばかりの私にもまた。

謝辞

本書のフランス語草稿とその一部の日本語試訳の両方を読み、翻訳刊行を強く勧めてくれた盟友鈴木創士と、医療関係のフランス語とフランスの医療事情についてご教示いただいた、医療法人関田会ときわ病院の西村洋先生に深く感謝します。航思社の大村智氏には、日本ではほぼ無名の著者の手になる原著の翻訳刊行を、本国での原著刊行に先立ち快諾いただいたことに、こころからお礼申し上げます。また、かつて私の願いを聞き入れ共通の友を再び公の舞台に立たせる手助けをしてくれたうえに、『マルクスのために』および『資本論を読む』の刊行五〇周年シンポジウム（二〇一五年）に、私たちの発表を聞くため仕事をキャンセルして高等師範学校に駆けつけてくれたエティエンヌ・バリバールには、格別の謝意を表します。

二〇一八年一月

補遺

二月一一日　一〇日ほど前からフランソワが再び入院している。今度は自分の意志で入院を希望したらしい。不眠と鬱が激しい。舌も回らなくなっており、音声入力ソフトが彼の声をもはやうまく認識できない。ゆえにメールのやり取りに支障を来す。携帯電話のショートメールは操作不能になった。私の Skype は数日前から開いたままにしてあり、今日、二度目の交信をした。一人部屋から二人部屋に移ったそうだ。夜は相変わらず、薬を飲んでもまったく眠れない、おまけに小便が出ない、重い口でそう言いながら画面の向こうでうたた寝をはじめる。まだ昼間である。身体が傾いて椅子から落ちそうになる——画面から顔が消えそうになる——ので、私は、さっさと後ろのベッドへ行けと怒鳴る。前回の交信では、今日はフーコーの『狂気の歴史』の新巻——『性の歴史』の間違いである——が出た、などと教えてくれたし、『マガジン・リテレール』（書評誌）がぼくの本を取り上げてくれるそうだが写真はどうしよう、載せたいと言っているんだが……と相談めいた話もあった。しかし今回は、もっぱら私のほうから話しかけ、彼は一言二言、かなり間をおいて返すだけ。Skypeをうまく終了できず、操作を間違えてまたかけてきた。間違えた、と言って切れた。

二月一三日　再び交信。一昨日よりは顔色もよく、身体の傾きも小さい。気になっていた小便の件についてしつこく尋ねる。まったく出ないのか、オムツを濡らすことはあるのか。後者であってほっとする。どうりで浮腫みも見られず、表情の変化もそれなりにある。感情は感覚の澱に沈んではいない。しかし本人にとっては、これでは家に帰る目途も立たないと思えるばかり。夜になにがあったのか、また一人部屋に戻されている。交信後に転送されてきたメールで、『マガジン・リテレール』は『哲学マガジン』の間違いと知る。固有名詞の記憶がかなりあやしくなっているようだ。ゲラを送ったメディア関係者からの反応は上々のようである。

二月二一日　フランソワのもとに原著の見本刷りが届く。発売予定日は三月八日。

【著者略歴】

フランソワ・マトゥロン (François Matheron)	哲学者／思想史家。1955年生まれ。『マルチチュード（*Multitudes*）』誌編集委員（2000-09年）。ルイ・アルチュセールの死後出版された『政治と歴史――エコール・ノルマル講義1955-1972』（邦訳、平凡社）、『哲学・政治著作集』『フランカへの手紙』（ともに邦訳、藤原書店）などの著作を編纂・校訂する。アントニオ・ネグリ『野生のアノマリー』『構成的権力』のフランス語訳者。

【訳者略歴】

市田良彦 (いちだ・よしひこ)	神戸大学大学院国際文化学研究科教授。1957年生まれ。著書に『存在論的政治』（航思社）、『現代思想と政治』『〈ポスト68年〉と私たち』（ともに共編、平凡社）、『アルチュセール　ある連結の哲学』（平凡社）、『ランシエール　新〈音楽の哲学〉』（白水社）など。訳書にアルチュセール『哲学においてマルクス主義者である事』（航思社）、『終わりなき不安夢』（書肆心水）、ランシエール『平等の方法』『アルチュセールの教え』（航思社）、フーコー『悪をなし真実を言う』（河出書房新社）など。

表紙写真 ｜ 中村 早
THE BOY, 2012

もはや書けなかった男

著　者	フランソワ・マトゥロン
訳　者	市田良彦
発行者	大村　智
発行所	株式会社 航思社 〒113-0033 東京都文京区本郷1-25-28-201 TEL. 03（6801）6383 ／ FAX. 03（3818）1905 http://www.koshisha.co.jp 振替口座　00100-9-504724
装　丁	前田晃伸
印刷・製本	シナノ書籍印刷株式会社

2018年 4 月28日 初版第 1 刷発行

（定価はカバーに表示してあります）
ISBN978-4-906738-34-2　C0098
Printed in Japan

存在論的政治　反乱・主体化・階級闘争

市田良彦

四六判 上製 572頁　本体4200円

21世紀の革命的唯物論のために　ネグリ、ランシエール、フーコーなど現代思想の最前線で、9.11、リーマンショック、世界各地の反乱、3.11などが生起するただなかで、生の最深部、〈下部構造〉からつむがれる政治哲学。『闘争の思考』以後20年にわたる闘争の軌跡。（フランスの雑誌『マルチチュード』掲載の主要論文も所収）

哲学においてマルクス主義者であること

（革命のアルケオロジー 6）

ルイ・アルチュセール 著　市田良彦 訳

四六判 上製 320頁　本体3000円

「理論における政治／闘争」から「政治／階級闘争における理論」へ！

革命の前衛であるはずの共産党が「革命」（プロレタリア独裁）を放棄する ——

1976年のこの「危機」に対抗すべく執筆されたまま生前未刊行だった革命的唯物論の〈哲学史〉、偶然性唯物論の萌芽とともに綴られる幻の〈哲学入門書〉が、今ここに明かされる。哲学者は哲学者としていかに政治に現実的に関わりうるのか。

平等の方法

ジャック・ランシエール 著　市田良彦・上尾真道・信友建志・箱田徹 訳

四六判 並製 392頁　本体3400円

ランシエール思想、待望の入門書　世界で最も注目される思想家が、みずからの思想を平易なことばで語るロング・インタビュー。「分け前なき者」の分け前をめぐる政治思想と、「感覚的なものの分割」をめぐる美学思想は、いかに形成され、いかに分けられないものとなったか。

アルチュセールの教え　（革命のアルケオロジー 1）

ジャック・ランシエール 著

市田良彦・伊吹浩一・箱田徹・松本潤一郎・山家歩 訳

四六判 仮フランス装 328頁　本体2800円

大衆反乱へ！　哲学と政治におけるアルチュセール主義は煽動か、独善か、裏切りか —— 68 年とその後の闘争をめぐり、師のマルクス主義哲学者を本書で徹底批判して訣別。「分け前なき者」の側に立脚し存在の平等と真の解放をめざす思想へ。思想はいかに闘争のなかで紡がれねばならないか。